오늘 밤 안아도 될까요?

오늘 밤 안아도 될까요? (원제 : 今夜、勝手に抱きしめてもいいですか?)

1판 1쇄 2020년 7월 30일

원   작 아오이 블루
지 은 이 미츠루 유우
옮 긴 이 정아름
발 행 인 주정관
발 행 처 북스토리㈜
주   소 경기도 부천시 길주로 1 한국만화영상진흥원 311호
대표전화 032-325-5281
팩시밀리 032-323-5283
출판등록 1999년 8월 18일 (제22-1610호)
홈페이지 www.ebookstory.co.kr
이 메 일 bookstory@naver.com

ISBN 979-11-5564-206-1 03830

※잘못된 책은 바꾸어드립니다.

이 도서의 국립중앙도서관 출판시도서목록(CIP)은
서지정보유통지원시스템 홈페이지(http://www.seoji.nl.go.kr)와
국가자료공동목록시스템(http://www.nl.go.kr/kolisnet)에서 이용하실 수 있습니다.
(CIP제어번호 : CIP2020027978)

오늘 밤
안아도 될까요?

아오이 블루 원작

미츠루 유우 지음 | 정아름 옮김

북스토리

contents

제1화

쇼콜라
아이스

못해요, 라고 말할 수 없었다.

도와줘, 라고도 말하고 싶지 않았다.

약한 모습을 보이지 않도록, 아무에게도 기대지 않을 수 있도록……

나는 언제나 긴장하고 있었다.

하지만 언제까지고 그럴 수는 없었다.

기억해? 부러질 듯했던 내게 네가 해준 말을.

보여주고 싶은 부분만

보여주면 돼요.

전부 보여줄 필요는 없어요.

약한 모습도 강한 모습도.

지치잖아요, 힘들잖아요.

네가 그렇게 말해줘서.

무거웠던 이런저런 일들의 무게가 반으로 줄어든 기분이었어.

밤늦게까지 일하는 게 싫지는 않았다.

애초에 그런 점도 멋져서 편집자라는 직업을 선택했으니까.

처음 편집자를 꿈꾸게 된 이유는 예전 드라마에서 본 편집자 때문이었다.

그 편집자는 늦은 밤, 작가의 집에 가서 '선생님, 아직이세요?'라며 원고를 독촉했다. 작가는 원고지에 마침표를 찍은 뒤 서류봉투에 넣어 편집자에게 건넸다. 원고를 받은 편집자는 한결 밝아진 표정으로 밤거리로 달려갔다…….

'뭐, 그런 일 실제로는 없지만.'

작년, 꿈을 이뤄 문예 편집부로 발령이 나고서야 아유미는 그 사실을 깨달았다.

졸업하자마자 나름 대기업이라는 출판사에 입사해 올해로 6년째.

회사 건너편 횡단보도에 서니 신호는 빨강이었다. 아유미는 훅 한숨을 내쉬고 눈앞의 빌딩을 올려봤다.

구월도 막바지에 접어들어 가을 기색이 완연해 공기가 맑았다.

회사에는 드문드문 사람이 남아 있는 듯했다.

컴퓨터와 메일이 보급된 요즘은 언젠가 본 드라마처럼 밤늦게 원고를 가지러 가는 일이 없어졌다.

그렇다고 편집자의 업무가 만만하지는 않다.

아침 출근이 늦는 건 좋지만 회사에서 날 샐 각오를 해야 하는 밤도 있었다. 담당하는 책의 간행이 다가오면 수면시간이 사라지기 일쑤였다.

아니나 다를까 아유미는 오늘 밤도 열혈 잔업 중이었다.

'표지 디자인 언제까지 정해야 하더라……'

머릿속으로 날짜를 계산하며 파란불이 켜진 횡단보도를 건넜다.

아유미는 발걸음이 무거웠다.

확인 따위 하지 않아도 이미 밀린 일정을 알고 있었다.

이번에 담당한 단행본은 아유미가 정말 좋아하는 작가의 작품이었다.

전에 없이 기합을 넣고 디자이너와 의견을 나눠가며 흡족한 표지 시안을 뽑았다고 생각했다.

그런데 아무리 제출해도 편집장에게 진행해도 된다는 오케이 사인이 떨어지지 않았다.

"혼자서 전부 짊어지려고 하지 마."

"아유미 혼자 일하고 있는 게 아니야."

그렇다고 간신히 일하게 된 문예 편집부에서 "일이 잘 안 풀려요"라며 주변 사람에게 고민을 털어놓을 수도 없었다.

생각하고 있자니 머리가 아파졌다.

빌딩에 들어가 무인 안내 데스크를 지나 엘리베이터로 향했다. 상행 버튼을 누르고 엘리베이터를 기다리며 '그러고 보니'

하고 기억을 더듬었다.

1년 전 사귀던 남자친구와 헤어진 이유도 결국은 마찬가지였다.

……아유미는 혼자서 뭐든 하잖아.

'날 필요로 한다는 느낌이 안 들어, 헤어지자'라는 통보에 아유미는 아무 말도 하지 못했다.

정말 혼자서 뭐든 할 수 있었기 때문이다.

영화도 밥도 쇼핑도 혼자 갈 수 있었다. 이사도 혼자 했고 전등도 혼자 갈았다. 다른 사람에게 도움을 청하기보다 혼자 하는 편이 훨씬 빠르고 마음도 편했다.

다른 사람에게 부탁하는 건 노력 부족을 드러내는 행동. 약점을 잡히는 것이나 마찬가지다. 자신은 마음 한구석으로 그렇게 생각하고 있는 걸까.

정체된 업무를 이러지도 저러지도 못한 채 퇴근이 몹시 늦어졌다. 아무 아이디어도 떠오르지 않는 머리를 환기시키려고 오늘도 혼자 밥을 먹고 온 참이었다.

'……그래도 역시 조금만 더 혼자 고민해보자.'

아유미의 한숨에 대답하듯 엘리베이터 문이 열렸다.

떨구고 있던 고개를 올린…… 그 순간.

"……꺄악!"

눈앞에 상자를 키 높이까지 쌓아 올린 짐수레가 나타났다.

"……엇?"

상자 그림자에서 남자의 목소리가 들렸다.

목소리가 들림과 동시에 쌓아둔 상자가 기우뚱 흔들렸다. 무너진다고 생각한 순간 아유미는 상자를 지탱하려고 무심결에 손을 뻗었다.

"위험……."

상자 뒤에서 들린 목소리의 주인도 허둥지둥 상자를 떠받친 모양이었다. 상자 더미는 무너지지 않고 짐수레에 쌓인 채 버티고 있었다.

"죄송합니다!"

상자 뒤에서 아직 앳된 남자 사원이 얼굴을 내밀었다. 이쪽으로 불쑥 다가오더니 걱정스럽게 아유미의 손을 잡았다.

"안 다치셨어요?"

"아……, 네……."

아유미는 간신히 대답했다.

커다란 손에 아유미의 손을 쥐고 살펴보고 있는 남자는 이쪽보다 몇 살인가 연하 같았다. 준수한 얼굴에는 청년다운 날카로움과 아직 소년다운 천진함이 남아 있었다.

"어디 아픈 데는 없으세요?"

정신을 차린 아유미는 순간 잡힌 손을 의식했다.

"……아니, 괜찮아."

아유미는 당황했는지 목소리를 살짝 떨고 말았다.

아유미가 살며시 손을 **빼내자** 남자가 다행이라고 말하며 어깨에 힘을 풀었다. 그러더니 갑자기 "앗" 하고 바닥으로 시선을 향했다. 엘리베이터 홀 바닥에 아유미가 떨어트린 가방과 소지품이 흩어져 있었다.

"죄송해요, 가방이."

남자가 바닥에 무릎을 꿇고 가방에서 쏟아진 물건을 줍기 시작했다.

"아……, 신경 안 써도 돼."

이상한 물건을 넣고 다니지는 않았지만 가방 속을 남에게 보이고 싶지는 않았다. 괜찮다고 말하자 남자도 그걸 알아챈 듯했다.

남자가 겸연쩍은 듯 가방을 이쪽으로 건네줬다.

"죄송합니다. 부딪쳐놓고 가방까지 멋대로 만져서……."

"괜찮아."

꾸중 들은 대형견처럼 고개를 숙인 그의 목에는 사원용 ID 카드가 걸려 있었다.

상자에는 의류 메이커 이름이 쓰여 있었다. 남자가 가는 곳은 아마도 여성 잡지 편집부이리라.

"근데 짐수레를 쓰려면 이쪽 엘리베이터는 사용하지 않는 편이 좋아."

"네?"

"짐수레를 쓰면 지금처럼 앞이 안 보일 때도 있잖아? 밤이라면 뭐 상관없지만 낮에는 방문객도 있으니까, 직원도 화물 운반용 엘리베이터를 써야 돼."

"아아……, 화물용 엘리베이터를 운송 기사들만 쓰는 게 아니었군요."

그는 깨달았다는 듯 고개를 끄덕였다.

이 정도 나이면 아직은 신입이라고 해도 무방한 편집자이리라. 아유미는 수레를 미는 그를 데리고 엘리베이터 홀 뒤쪽으로 돌아 들어갔다.

"혹시 잡지부 선배세요?"

얼굴을 보며 묻는 그에게 아유미는 살짝 웃음기를 띄고 답했다.

"재작년까지는. 난 남성 잡지 편집부였지만."

둘은 수레에 실린 짐을 지탱하며 함께 화물용 엘리베이터에 탔다.

"6층 가지?" 하고 아유미는 여성 잡지부가 있는 층의 버튼을 눌렀다.

"상자 무너지면 안 되니까 편집부까지 바래다줄게."

그러자 그가 "죄송합니다" 하고 또 고개를 숙였다.

'이만큼 쌓으면 수레를 써도 무거울 텐데.'

입사 연수 후 발령받은 남성 잡지 편집부에서 아유미도 말단 사원으로서 자주 짐을 날랐었다. 열심히 애쓰며 뛰어다니던 시절의 이야기다.

'……좋겠다. 신입 시절에는 지금처럼 고민할 일도 없었는데…….'

"……좋겠다."

"응?"

아유미의 마음을 읽은 듯한 중얼거림에 아유미가 화들짝 놀라 그를 쳐다봤다.

남자는 아유미의 반응에 놀란 듯했다.

당연히 그가 아유미의 마음을 읽었을 리는 없었다. 어떻게 변명할까 고민하고 있자 그가 눈을 두어 번 깜빡이더니 쑥스러운 듯 웃으며 말했다.

"죄송해요. 제가 남성 잡지부에 있었으면 뭔가 더 할 수 있지 않았을까 해서요."

그가 겸연쩍게 머리를 긁적였다.

"안 그래도 입사 2년차라 제 역할을 못 하는데, 여자들이 즐기는 취미라니 생각해본 적도 없어서…… 난감해요."

"뭐……, 그렇겠지."

아유미가 잠깐 본 바로, 장신을 덮은 셔츠와 치노 팬츠는 그에게 적당히 잘 어울렸다. 겉모습도 단정하고 언행도 정중했다. 아까 아유미의 소지품에 손댄 걸 신경 쓰는 세심함을 봐도 여성 잡지부에서 일하기 어려워할 타입 같지는 않았다.

하지만 아유미는 그가 어떤 기분일지 잘 알았다.

아유미도 전에 그와 같은 상황이었기 때문이다.

"힘들겠네, 여자들만 있는 직장이라."

눈앞의 그도 같은 처지였던 사람이 자신의 이야기를 들어주길 바라는지도 모른다. 그가 난처한 웃음을 짓더니 물었다.

"여자인데 남성 잡지부에 있었으면 지금 저랑 반대네요. 고생 안 하셨어요?"

입사 2년차라면 아유미보다 네 살이나 어렸다. 여자들만 가득한 편집부에 배속돼 여성 대상 잡지를 만들다 보면 당황스러울 일이 많을 터였다.

그렇지만…….

'나도 이렇게 보였을까.'

아유미는 자신이 직장인 2년차였을 때를 떠올리고 부끄러움에 볼을 붉혔다.

그 시기에는 남자 편집자들에게 지지 않겠다며 늘 혼자 바동댔다. 조금이라도 빨리 문예 편집부로 발령받게끔 우수한 사원이 되겠다며 언제나 긴장 상태였다.

돌이켜보면 그때부터 약한 소리를 하지 않게 됐는지도 모른다.

"그래도 남자들 사이에서 지낼 일이 그때까지 없었으니까."

쌓인 상자를 보며 아유미가 말을 이었다.

"나도 줄곧 문예 편집부에 가고 싶었는데 왜 남성 잡지부로 발령이 났냐고 우울했었거든……. 근데 생각해보면 소설은 남자도 읽잖아? 기회라고 여기고 남자들이 좋아하는 걸 매일 필사적으로 공부했어."

사실은 단 걸 좋아하는데도 매일같이 불고기랑 라면만 먹어 댔었지.

아유미가 그렇게 말하지 그가 우습다는 듯 어깨를 들썩였다.

"여자가 남자들 생태를 알기는 어렵죠."

"맞아. 예쁜 연예인도 엄청 자세히 알더라니까."

그가 웃으며 아유미 쪽으로 시선을 향했다.

"지금은 어느 부서에 있어요?"

"소원 성취라고 해야 하나. 문예 편집부에 있어."

"우와, 좋겠네요. 부럽다."

'응? 혹시⋯⋯.'

말투로 볼 때 그도 문예 편집부를 지원했던 걸까?

꿈이 같다는 걸 알고 나니 스스로가 참 단순하다고 느끼면 서도 친밀감이 생겼다.

"⋯⋯그러네요."

그가 뭔가를 깨달았다는 듯 고개를 한 번 끄덕였다.

"저도 배우려고 노력을 해야겠어요."

진심이 담긴 말이 가슴을 울렸다. 그렇게 말한 그의 표정은 부드러웠고 나이보다 훨씬 어른스러워 보였다.

⋯⋯이 사람, 이런 얼굴도 할 수 있구나.

깨닫고 보니 그에게 시선을 뺏긴 채였다.

두 사람이 이야기를 나누는 사이에 엘리베이터가 목적지에

도착했다. 수레를 끌고 정해진 장소까지 가져다 놓은 뒤 그는 아유미를 엘리베이터 홀까지 바래다주었다.

"감사했습니다. ……상자 말고도 여러 가지로."

엘리베이터 안에서 잠시 한 대화를 뜻하리라.

꾸밈없이 당당하게 감사를 표하는 그가 아유미는 솔직히 좋았다. 곧은 시선으로 이쪽을 바라보는 눈동자에 마음이 깨끗이 씻기는 듯했다.

"천만에."

이런 사람이라면 여자들만 가득한 편집부에서도 분명 사랑받을 터였다.

그가 바라는 문예부로 발령되는 날도 그리 멀지 않았으리라.

"여성지도 공부가 될 거야, 힘내."

아유미도 미소 지으며 엘리베이터에 탔다.

가볍게 고개를 꾸벅이는 그에게 아유미는 손을 흔들고 문예 편집부가 있는 12층의 버튼을 눌렀다.

그런데.

편집부로 곧장 돌아가는 대신 자판기가 있는 복도에 들러 잠을 깨려고 커피를 산 뒤의 일이었다.

문예 편집부로 돌아가려던 아유미는 가방에 넣어두었던 ID

카드가 보이지 않는다는 사실을 알아챘다.

ID카드는 신분증만이 아니라 실내에 들어가기 위한 보안카드도 겸했다. 잃어버리면 편집부로 돌아가지 못한다.

아까 가방 내용물이 쏟아졌을 때 떨어뜨렸을까.

아유미가 엘리베이터 홀까지 돌아가 봤지만 아무것도 남아 있지 않았다. 분실물로 들어오지 않았나 경비실에도 물어봤다. 하지만 카드를 찾지는 못했다.

아유미는 별수 없이 경비원에게 보조카드를 빌려 편집부로 돌아왔다.

'어디서 잃어버렸지?'

늦은 밤, 편집부에는 남아 있는 사람이 없었다.

아유미는 책상 앞 의자에 털썩 앉았다.

내일 아침 출근하면 총무부에 카드 분실계를 내야 했다.

할 일이 산더미인데 일을 만든 자신에게 짜증이 났다. 그렇다고 짐수레를 밀던 신입에게 엉뚱한 화풀이를 하기에는 마음이 내키지 않았다.

'……결국은 내 잘못이지.'

아유미가 표지 시안을 펼치고 한숨을 쉬었다.

그 순간 갑자기 남자 목소리가 들렸다.

"수고하십니다."

"앗……!"

가만히 앉은 자세 그대로 아유미가 화들짝 튀어 올랐다.

뒤를 돌아보니 아유미가 방금 생각했던 신입이 서 있었다.

"어……, 어떻게?"

"죄송해요, 놀라셨죠. 이거, 잃어버리면 곤란할 거 같아서."

그는 아유미가 찾고 있던 ID카드를 내밀었다

"그거, 내……!"

"ID카드는 이럴 때 편하네요. 소속 부서랑 이름이 다 쓰여 있으니까. 으음……, 무카이 아유미라고 읽으면 될까요?"

그가 ID카드에 적힌 이름을 읽었다.

"……그렇긴 한데."

아유미가 카드를 건네받으며 물었다.

"이거, 여성 잡지부에 떨어져 있었어?"

그는 눈썹을 팔자로 만들며 미안한 기색으로 뒷머리를 긁적였다.

"아까 돌아갈 때 엘리베이터 홀을 지나다가 주웠어요. 바로 돌려드리려고 했는데 급한 전화가 와서…… 처리하다 보니 늦어버렸네요. 죄송합니다."

정중한 사과에 오히려 이쪽이 미안해졌다.

"미안, 일부러 여기까지 가져다줘서."

"저야말로 아까 제 소개도 안 하고 실례했습니다. 여성 잡지부에서 일하는 나카지마라고 합니다."

그가 자신의 ID카드를 내밀어 보였다.

카드에는 그의 사진 옆에 '여성 잡지부 나카지마 하야토'라고 적혀 있었다.

"나카지마 하야토?"

아유미가 이름을 말하자 나카지마가 하얀 이를 씨익 드러내 보였다.

"그건 그렇고 신나는데요. 문예 편집부라니 좀처럼 올 기회가 없는데…… 제대로 보는 건 입사 때 사내 견학 이후로 처음일지도 모르겠어요."

나카지마는 신이 나서 편집부를 돌아봤다. 그 모습이 장난감을 찾는 강아지 같아 왠지 귀여워 보였다.

"신기한 건 없을걸. 여성 잡지부랑 똑같아."

"아니요, 저한텐 신선해요. 이 냉장고도 그렇고, 근데 엄청나게 크네요."

"작가님한테 받은 선물 같은 게 꽤 많으니까. 맥주도 있어."

"엇, 마실 수 있어요?"

"밤중에 몰래, 일 끝나면."

굉장해요, 라며 즐겁게 웃는 나카지마를 보고 아유미도 덩달아 미소 지었다. 아유미도 처음 문예부로 발령되고 맥주를 마셔도 된다는 사실에 깜짝 놀랐다.

"문예부는 다들 식탐이 많거든. 다른 사람한테 안 뺏기려고 맥주에도 자기 이름을 쓴 포스트잇을 붙여서 관리해."

"와, 좋네요. 역시 저도 문예부에 오고 싶어요."

나카지마는 본인이 말해놓고 놀랐는지 "이건 맥주가 부러워서가 아니라요" 하며 손을 저어댔다.

"알아."

아유미는 결국 소리 내어 웃었다.

"문예부가 그리 쉽게 들어올 수 있는 부서는 아니니까."

아유미가 말하자 나카지마도 "그렇더라고요"라며 동의했다.

"그래도 오늘 아유미 씨가 해준 말을 듣고 조금 힘이 났어요."

"내가 한 말?"

"나와 환경이 다른 사람들도 읽어줬으면 하는 게 소설이다…… 그 말이요!"

자연스럽게 성이 아닌 이름으로 불리는 바람에 뭔가를 생각할 겨를도 없었다. 나카지마가 아유미의 책상에 펼쳐진 표지 시안을 가리키며 눈이 동그래졌다.

"토도 선생님의 신간인가요?"

"그, 그런데?"

"아유미 씨가 담당이었군요!"

소년 같이 눈을 반짝이는 나카지마에게 완전히 압도돼서 대답했다.

"으응, 뭐……."

나카지마는 감격한 듯 시안을 보며 말했다.

"저, 토도 선생님 소설 정말 좋아해요. 고등학교 때 처음 읽고 감동받았거든요. 아직 어릴 때 이 사람 소설을 읽어서 다행이라고 생각했죠."

"나…… 나도!"

아유미는 자기도 모르게 의자에서 일어섰다.

"나도 학생 때 읽고 똑같이 생각했어! 정말 어쩜 이렇게 공감되는 청춘 소설을 쓸 수 있을까? 이번에도 사춘기의 아슬아슬한 느낌이 엄청 좋아. 어린 친구들이 꼭 읽어줬으면 해서……."

아유미는 열변을 토하다 화들짝 놀랐다.

나카지마가 어안이 벙벙한 표정으로 아유미를 쳐다봤다.

……어떡해, 오버했어.

시선을 의식한 순간 뺨으로 확 피가 몰리고 귀까지 뜨거워졌다.

작품 이야기만 나오면 주변이 보이지 않는 게 아유미의 나쁜 습관이었다.

얼어붙어 꼼짝도 하지 않는 아유미의 앞에서 나카지마가 후 숨을 내쉬었다. 이번에는 아유미가 멍한 표정을 짓자 나카지마가 작게 어깨를 떨기 시작했다.

"뭐…… 뭐야."

"뭐긴요. 아유미 씨 얌전해 보였는데. 일 좋아하네요."

"어?"

"귀여워요."

몸을 숙이고 자신을 올려다보는 눈에 심장이 쿵 뛰었다.

"벼, 별로……!"

귀엽다는 말을 들을 요소는 어디에도 없었을 터였다.

익숙하지 않은 말을 들었더니 아무래도 부끄러워졌다. 아유미는 붉어지는 뺨을 어쩌지 못하고 시선을 돌렸다.

그러자 책상 위에 펼쳐진 표지 시안이 눈에 들어왔다.

들뜬 기분이 순식간에 가라앉았다.

"하지만…… 좋아하기만 한다고 능사는 아니니까."

아유미가 시안으로 시선을 떨어트렸다.

"능사가 아니다?"

"……사실은 이 책, 표지 디자인 진행이 잘 안 되고 있어."

본인 잘못이라고 생각할 수밖에 없었다. 무심코 입에 올린 이유는 나카지마가 다른 부서 사람이기 때문일까.

"그래요? ……전 좋은데."

나카지마가 책상 위에 있던 표지를 집어 들었다.

"나도 마음에 들긴 하는데……."

"……으음."

나카지마는 뭔가 생각하듯 표지 시안을 응시했다. 그리고 생각났다는 듯 "그래" 하고 고개를 끄덕였다.

"그럼 이건 어떨까요? 제가 내일 여성 잡지부 주변 여자 직원 분들한테 의견을 물어볼게요. 이 책 타겟층이 젊은 여성이죠?"

"그렇긴 한데."

"내일 마침 촬영이 있으니까. 이거 복사해도 될까요?"

아유미는 갑작스러운 제안에 당황했다.

나카지마가 이렇게까지 협조적인 이유를 모르겠다.

하지만 당황한 아유미를 제쳐두고 나카지마는 착착 준비를 진행했다. 컬러복사 버튼을 누르는 나카지마는 즐거워 보였다.

"지금 패션 페이지 담당이거든요. 촬영하러 오는 모델들하고 말할 때 화젯거리도 될 테고. 오히려 감사해요."

나카지마는 현장도 헤아릴 줄 아는 사람이었다. 발언으로 미루어 보면 촬영 때 모델들도 배려할 터였다.

나카지마가 "게다가"라며 과하게 반짝거리는 눈으로 아유미를 쳐다봤다. "토도 선생님의 작품을 조금이라도 빨리 볼 수 있으니까 그런 건 전혀 상관없어요. 당연히 읽게 해주실 거죠?"

"……어?"

순수하게 반짝이는 나카지마의 눈을 보고도 거절할 수 있는 사람은 없으리라.

자신이 담당한 작품을 읽어보고 싶다는 요청에 기뻐하지 않을 편집자도 없었다.

정신을 차리고 보니 심야의 사무실에서 나카지마가 담당 작품의 교정지를 복사하는 내내 아유미는 이번 신간이 왜 매력적인지 설명하고 있었다.

이렇게 수다를 떨게 된 데에는 나카지마도 한몫했다.

나카지마가 너무나도 즐겁게 들어주기에…… 아유미도 이

작품의 담당 편집자로서 어느새 이야기를 하게 된 것뿐이었다.

'나카지마도 소설 좋아하는구나…….'

나카지마의 모습을 보다 보니 자신이 지금 하는 일을 좋아한다는 사실이 떠올랐다. 그래서 이렇게 늦은 밤까지 열심히 일한다는 사실도.

좋아하는 일을 찾기 어려운 것과 마찬가지로 좋아하는 일을 놓지 않고 지속하기도 어려우니까.

내일은 조금 더 잘하고 싶었다.

조금씩이라도 좋으니까 매일 착실히 나아지고 싶었다.

'조금만 더 노력해보자.'

복사된 종이 뭉치를 껴안은 나카지마가 유쾌하게 손을 흔들며 사무실을 떠났다.

그 뒷모습을 바라보며 아유미는 입가에 미소를 띤 채 다시한 번 책상과 마주했다.

……다음 날.

정오가 지나 아유미가 외근 나갔던 서점에서 나왔을 때 나카지마에게서 연락이 왔다.

주머니에서 휴대폰 진동이 울렸다.

꺼내 보니 화면에 '나카지마 하야토'라고 발신인이 표시됐다. 어젯밤 '표지 일로 연락해야 하니까'라며 나카지마가 번호를 물어봤던 것이다.

"외근이었죠. 바쁘신 중에 죄송해요. 지금 통화 괜찮으세요?"

전화에서 들려오는 그의 목소리는 이쪽을 먼저 걱정했다.

"괜찮아, 방금 끝난 참이라. 어쩐 일이야?"

"토도 선생님 신간 읽었어요."

아유미는 긴장으로 쭉 등줄기가 쫙 펴졌다.

담당 작품에 대한 귀중한 의견이었다.

"빠르네. 어땠어?"

"그게…… 진짜 최고였어요!"

어젯밤 내내 정신없이 읽었어요. 덕분에 잠이 부족해요, 나카지마가 야단스럽게 말했다.

어젯밤 아유미와는 비교도 되지 않을 정도로 작품을 극찬했다.

'……다행이다.'

안도감에 가슴을 쓸어내렸다.

예전부터 토도 작가의 팬이었다는 나카지마였다. 그가 들려주는 감상이 기뻤다.

"그래서 말인데요, 가능하다면, 말인데요."

한차례 감상을 늘어놓은 뒤 나카지마가 말을 꺼냈다.

"이 책 저희 잡지에 있는 '오늘의 책'에 실을 순 없을까 싶어서……. 가능할까요?"

나카지마가 소속된 부서가 만드는 여성 잡지에는 컬처 페이지가 있었다. 신작 영화나 음악, 최근 뜨는 가게 등을 소개하는 페이지에는 이달에 발간되는 책 코너도 있었다.

"진짜?"

놀라서 몸을 휘청이는 바람에 핸드폰을 고쳐 잡았다.

그가 담당한 잡지는 이십 대 초반의 여성이 대상이라 소설의 타겟층과도 맞았다. 그 잡지의 컬처 페이지라면 선전 효과도 높아서 더할 나위 없이 좋은 제안이었다.

"꼭 부탁하고 싶은데, 어떻게 하면 될까?"

"감사해요. 표지 디자인에 대해 할 이야기도 있으니까 만나서 설명하는 편이 좋겠죠. 갑작스럽지만 오늘 저녁 시간 괜찮으세요?"

"시간 있어. 괜찮아."

"정말요?"

전화 너머에서 "예스"라는 작은 소리가 들렸다.

"그럼 저도 지금부터 외근이라 다시 연락드릴게요. 잡지 견본 아유미 씨 책상에 올려놓을게요."

통화가 끝나고 들뜬 목소리가 귓가에 남았다.

'……일 얘기를 하려는 건데 '예스'라니.'

둥실둥실 구름 위를 걷는 기분을 누가 알아챌 리도 없었다.

그런데도 왠지 부끄러워져 자기도 모르게 하늘을 올려다봤다.

그러고 보니 요즘 들어 하늘을 올려본 기억이 없었다. 모르는 사이에 시야가 이렇게나 좁아져 있었나 보다.

어딘가에 금목서가 피었는지 주변에 포근한 향이 감돌았다.

올려다본 9월 하늘은 깨끗이 닦아낸 듯 높고 파랬다.

⋘∘⋙

퇴근 후 가볍게 화장을 고치고 약속 장소로 정한 가게로 가니 나카지마가 이미 도착해 있었다.

"아유미 씨."

점원에게 일행이 어디 있는지 물을 필요도 없이 나카지마가 아유미를 향해 손을 들었다.

"일은 괜찮으세요?"

"응. 오늘 해야 될 일은 마치고 왔어."

스페인 요리를 파는 와인 바는 적당히 활기가 돌았다. 자리와 자리 사이도 여유로워서 일 이야기를 하기에도 안성맞춤이었다.

가게 안에서도 분위기가 차분한 구석 테이블로 가니 나카지마가 아유미를 자연스럽게 안쪽 자리에 앉혔다. 매너 좋은 행동에 마음이 붕 뜰 것 같았다.

일단 주문부터 하죠, 나카지마의 말에 둘이서 메뉴판으로 시선을 내렸다.

해 질 무렵 서점을 다 돌고 편집부로 돌아오니 나카지마가 말한 대로 책상 위에 그가 편집하고 있는 여성 잡지의 견본이 놓여 있었다.

아유미는 자리에 짐을 내려놓고 잡지를 들었다.

그리고 표지를 한 장 넘겼다. 그곳에 포스트잇이 붙어 있었다.

회사 비품으로 나온 딱히 특별하지도 않은 포스트잇이었다.

남자치고는 깔끔한 손글씨로 아유미에게 전하는 메모가 쓰여 있었다.

'오늘 밤, 8시. 괜찮은 맛집 예약해둘게요. 나카지마.'

메모 옆에는 메신저 앱의 아이디도 남겨져 있었다.

'왠지 그건……'

이제 와서 아까 상황을 떠올려도 조금 조마조마했다.

꼭 만화에서 본 사내 비밀 연애 같아서.

그건 그렇고 나카지마는 생각보다 여자를 기분 좋게 하는 방법을 잘 아는지도 모르겠다.

역시 여성 잡지 편집자답다고 해야 할까. 메모 마지막에 '괜찮은 맛집을 예약해둘게요' 같은 말을 덧붙이다니.

'……그거겠지, 인사치레 같은 거.'

덕분에 아유미는 약속 시각에 맞춰 사무실을 나오려고 평소보다 더 일에 집중했다.

메뉴를 고르는 사이에 먼저 주문했던 스파클링 와인이 나왔다. 주문을 마친 뒤 나카지마와 건배하고 어젯밤 건넸던 작품의 감상을 들었다.

"역시 토도 선생님은 그런 섬세한 분위기를 잘 쓰세요. 역시 아유미 씨, 선생님 작품을 좋아하는 분이 한 편집은 다르네요."

나카지마가 잔을 든 채 감격한 듯 고개를 끄덕였다.

"하지만 난 아무것도 안 했어."

"안 하긴요. 담당 편집자잖아요. 이번 책 잘 팔리면 좋겠네요. 아유미 씨가 말한 것처럼 젊은 독자들이 많이 읽어줬으면 좋겠어요."

열렬한 말투에 영향을 받았는지 아유미의 말에도 힘이 들어갔다.

"그러게. 그래서 디자인에 대한 의견도 물어봐 주고 잡지에 실어준다고 해서 정말 고마워."

"그렇게 말해주시니 제가 도움이 된 것 같아서 기뻐요."

나카지마가 뿌듯한 표정으로 미소 지었다.

'……남 일인데도 귀찮아하지 않고 잘 들어주는구나.'

마음속에 쌓인 무거운 덩어리가 와르르 무너지는 느낌이었다.

아유미가 타인에게 기대지 못하는 이유는 고민을 털어놓는 것 자체를 귀찮아하는 면이 있기 때문이다.

누군가에게 이야기를 하면 어쨌든 상대방의 시간을 뺏게 된다.

이번에도 나카지마가 작품을 읽는 데 시간을 쓰게 하고 모델들에게 의견을 묻는 수고를 하게 만들고 말았다.

그가 이 작품을 좋아한다며 밀어붙이기에 어쩔 수 없이 도움을 받기는 했지만 마음이 개운치 않기는 매한가지였다.

그럼에도 나카지마는 고민 상담을 귀찮아하기는커녕 기쁘다고 해줬다.

"……고마워."

떠들썩한 가게 내부 소리에도 불구하고 불쑥 내뱉은 중얼거림을 들은 모양이었다. 나카지마가 가볍게 고개를 흔들고 모델과 잡지 편집자들의 의견을 전해줬다.

"……그래서 역시 표지에 실린 요소가 너무 많은 탓에 제목이 눈에 잘 들어오지 않는 게 아니겠냐는 결론이 났어요."

"으응……, 그렇구나……."

테이블에 펼친 표지 디자인 시안을 노려보며 아유미는 입술이 부루퉁해졌다.

"그래도 어필할 수 있는 무기가 잔뜩 있다면 전부 보여줘야 하지 않을까?"

그 말을 들은 나카지마가 하하 웃음 섞인 한숨을 쉬었다.

"아유미 씨답네요. 그렇게 말할 줄 알았어요."

"무슨 소리야?"

"아유미 씨는 보여주려면 다 보여줘야 한다고 생각하죠?"

나카지마가 손가락으로 디자인 시안을 가리켰다.

'보여주고 싶은 부분만 보여주면 돼요.

전부 보여줄 필요는 없어요.

사람도 마찬가지잖아요?

약한 부분도 강한 부분도 그래요. 지치잖아요, 힘들잖아요.'

아유미는 말을 삼켰다.

나카지마와 자신은 표지 디자인 얘기를 하고 있을 터였다.

그런데 아유미는 자신의 이야기를 하는 기분이 들었다.

직장에서는 잘하는 모습만 보여주려고 언제나 긴장한 채였다. 일상에서도 약한 부분을 보여줄 수 없으니 아무에게도 기대지 말자고 생각했다.

하지만…… 아유미는 다정하게 미소 짓는 눈을 보고 깨달았다.

그 생각은 틀렸을지도 모른다고.

참는 데 익숙해졌더니 울고 싶을 때 울지 못하게 됐다.

강하다는 말을 듣고 더욱 무리했다. 온몸에 힘을 줬다. 긴장했다.

자신의 감정조차 무시하고, 결국 누구를 위한 노력인지 모르게 됐다.

아유미가 말을 잇지 못하자 나카지마 쪽에서 먼저 입을 열었다.

"뭐 잘난 척처럼 말했지만 사실 이번에 아유미 씨 덕분에 제가 그렇게 생각하게 됐어요."

"나카지마가?"

"네. 원치 않았던 부서지만 일이니까 고민한들 어쩔 수 없잖아요. 그러니까 불평할 때가 아니야, 정신 차려야지, 강해져야 돼, 라고 줄곧 생각했어요. 하지만…… 제가 틀렸던 거죠."

그래서 오늘 주변 여자 직원들한테 물어봤는데 대답이 재미있어요, 하고 나카지마가 디자인 시안을 보며 눈을 가늘게 떴다.

"역시 여성 잡지 일을 하는 사람들은 예쁜 물건이나 책을 엄청 좋아하더라고요. 눈이 휘둥그레질 법한 의견을 잔뜩 들었어요."

책을 보는 여자들의 시선.

여자들이 책을 손으로 잡을 때 기대하는 느낌.

좋아하는 소설 경향에 따라 다른 평소 사고방식.

그 모든 점이 신선했다고 나카지마는 말했다.

"저 문예부에 가고 싶었는데 여성 패션 잡지부로 발령받아서 솔직히 고민했어요. 하지만 어제 아유미 씨가 남성 잡지부에 있을 때 이야기를 듣고 다시 생각했어요. 하고 싶은 분야가 아니라도 배울 점은 있구나."

그는 문득 눈을 들어 아유미를 쳐다봤다.

"물론 뭔가를 목표로 노력하는 일도 중요하지만 부러질 때까지 고집부리는 건 의미가 없죠. 목표만 확실하다면 상황에 맞춰 자신을 굽히더라도 분명히 올바른 길로 돌아올 수 있다는 생각이 들었어요."

올곧이 이쪽을 바라보는 눈동자에 자신이 비쳤다.

"아유미 씨 덕분이에요. 이런 경험을 아유미 씨도 했다고 생각하면 혼자가 아니라는 생각이 들어서 마음이 든든해요."

감사합니다, 나카지마가 아유미에게 고개를 숙였다.

"아니야……."

'내가…… 도움이 된 걸까.'

고민 상담은 상대를 곤란하게 한다고만 생각해왔다.

하지만 고민 상담으로 다른 사람의 고민이 조금이라도 가벼워져 다행이라는 생각이 들고 이렇게 감사 인사까지 받자 기뻐하는 자신을 발견했다.

아유미는 어깨에서 힘이 빠져나가는 것이 느껴졌다.

자신의 어깨가 이렇게나 뭉쳐 있었다는 걸 새삼 깨달았다.

"제가 좀 건방진 소릴 했죠. 죄송해요."

나카지마는 이제 와서 부끄러운지 옅게 볼을 붉혔다.

"그렇지 않아. ……멋있어."

입술 사이로 말이 흘러나왔다.

"으……, 그만하세요. 갑자기 무슨 소릴 하시는 거예요."

나카지마가 허둥지둥 손을 내밀어 저어댔다.

그렇구나, 그가 한 말이 마음에 와 닿았다.

이렇게 진정으로 전하고 싶은 말만 심플하게 보여주면 되는구나. 무리하거나 어렵게 생각할 필요가 없었던 거야.

　귓바퀴까지 빨갛게 물든 나카지마를 보고 아유미는 자기도 모르게 웃음을 터트렸다.

　봐, 순수한 감정은 이렇게나 강렬하고 확실하게 전달되잖아.

　진짜 하고 싶은 말만 심플하게……. 그렇게 정하고 디자이너와 의논해서 수정한 디자인 시안은 단번에 편집장의 검토를 통과했다.

　수월하게 처리된 사안은 신간의 표지 디자인만이 아니었다. 최근 회의에서 통과되지 않던 신작 기획도 갑자기 잘 되기 시작했다.

　나카지마에게는 당연히 표지 디자인이 정해졌다는 소식을 전했다.

　그러자 무척 좋아하며 덩달아 주변 여성 편집자들도 신간을 읽어보고 싶어한다는 소식을 알려줬다.

　신간 정보를 잡지에 싣는 일로 이후로도 나카지마와 이야기를 계속 주고받았다.

　'고생하시네요.'

　'읽을 날이 기다려져요.'

　'잘 돼서 다행이에요.'

전화로, 사내 메일로, 메신저 앱으로, 틈틈이 연락해오는 나카지마에게 신간의 진척 상황을 알려줄 때마다 이렇게 기뻐해줘서 좋았다.

……좋은 일이 생겼을 때 자기 일처럼 기뻐해주는 사람.

기뻤다. 이야기를 들어주는 사람이 있다니 행복했다.

사람이 행복해지는 책을 만든다는 보람이 느껴졌다.

그가 기쁘니 내가 행복해졌다.

그 감정을 깨닫는 과정은 생각보다 훨씬 간질간질하고 유쾌했다.

달이 바뀌었다.

토도 작가의 신간 교정이 드디어 끝났다. 이제 남은 단계는 인쇄뿐이었다. 프로모션 작업을 제외하면 편집 작업 자체는 일단 종료였다.

"아유미 씨, 교정 끝난 거 축하드려요."

"나카지마도 여러 가지로 도와줘서 고마웠어."

잔을 부딪치자 맑고 청량한 소리가 울렸다.

오늘은 최종 교정을 기념해서 이번 신간 편집에 힘을 보태준 나카지마에게 아유미가 식사를 대접하는 날이었다.

지난주에 아유미가 '감사 인사를 하고 싶은데 식사라도' 하고 말을 꺼내자 나카지마가 흔쾌히 승낙했다. 그뿐만 아니라 '가보고 싶은 곳이 있어요'라며 후보지 리스트를 보내 먹고 싶은 메뉴를 고르게 했다.

그렇게 오늘 밤 아유미가 고른 식당은 가벼운 분위기의 프렌치 비스트로였다.

결정된 표지 디자인에 관해 이야기하며 소박하고 정성이 담긴 음식을 맛보았다. 와인도 맛있었고 디저트가 나올 즈음에는 이미 배가 가득 찬 상태였다.

"디저트 먹고 싶었는데."

메뉴를 보며 배를 문지르는 아유미를 보고 나카지마가 손을 보탰다.

"그럼 반씩 나눠 먹을까요?"

반씩 나눠 먹을 거면 시키자는 분위가 돼서 퐁당 쇼콜라를 하나 주문했다.

서빙된 하얀 접시에는 바닐라 아이스크림이 더해진 퐁당 쇼콜라가 올라가 있었고 베리 소스가 뿌려져 있었다. 잘라서 입에 넣으니 퐁당 쇼콜라 안에서 초콜릿이 주르륵 녹아 흘러나왔다.

아유미는 포크를 잡은 채 뺨에 손을 올리고 감격스러운 표정을 지었다.

"원래는 다이어트 때문에 참는데 오늘은 괜찮겠지."

"아유미 씨 단 거 좋아하나 봐요. 노력한 상이니까 괜찮아요."

단 음식도 나름 잘 먹는 나카지마가 접시를 톡톡거리며 웃었다.

"이런 디저트를 혼자 먹으면 사치스럽고 좋겠지만 반씩 나눠 먹으니까 더 좋네요."

아유미는 나카지마의 말에 뭉클한 감동을 느끼며 한편으로 난처한 기분이 됐다.

"아유미 씨가 받은 상을 반 나눠주셔서, 고마워요."

"……나카지마도 좋은 일 생기면, 반 나눠줘야 돼."

"당연하죠. 아유미 씨한테 또 좋은 일 생기면 반 나누기로 해요."

나카지마가 싱긋 웃으며 말했다.

단지 그 작은 미소만으로 입에 넣은 퐁당 쇼콜라가 아까보다 훨씬 달게 느껴졌다.

'이런 기분이 처음도 아닌데.'

아유미는 베리 소스의 새콤달콤한 맛에 완전히 빠져들었다.

돌아오는 길이었다.

"다음 주부터 서점으로 외근 나간다고 했죠?"

"응, 낮 시간이 날아가니까 또 늦게까지 편집부에서 잔업이 겠지."

"아, 맥주 마실 때는 불러주세요."

"아쉽다. 일이 끝이 없을걸."

식당을 나오니 술로 달아오른 피부를 선선한 바람이 쓰다듬었다.

날이 시월에 접어들어 기온도 꽤 내려갔다. 조금 쌀쌀한 공기에 옆에서 걷는 사람의 체온이 더 선명히 전해졌다.

"갈까요."

나카지마가 차도 쪽으로 서서 역이 있는 방향으로 나란히 걷기 시작했을 때 뒤에서 여자 목소리가 들렸다.

"나카지마 씨?"

"아?"

아유미가 무심코 뒤를 돌아보니 두 사람 뒤에 호리호리하고 키가 큰 여자가 서 있었다.

"역시, 나카지마 씨다!"

꺄악, 환호하는 여자의 얼굴은 본 기억이 있었다. 어디서 봤나 생각하던 중 나카지마가 편집하던 잡지의 모델이라는 기억이 어렴풋이 떠올랐다.

모델은 옆에 선 아유미를 알아채고 생긋 웃으며 "안녕하세요" 하고 고개를 숙였다.

"혹시 여자친구 분?"

"아니요, 저는……."

"아니, 이분 아니라니까!"

아유미가 부정할 필요도 없이 나카지마가 황급히 설레설레 고개를 저었다.

"아, 아니에요?"

"아냐, 아냐. 이쪽은 왜, 저번 촬영 때 표지 디자인에 대한 의견을 물어봤던 그 책의 편집 담당자님."

"아아, 그 책!"

모델은 확 표정이 밝아졌다.

"처음 봬요! 저번에 그 책 진짜 재미있을 거 같아요!"

"고, 고마워요."

아유미는 갑작스러운 상황에 허둥댔다.

"출간되면 사려고요. 나카지마 씨가 너무 재밌게 말하니까 기다리기가 힘든 거 있죠!"

"……고마워요."

그렇게 말하며 아유미는 마음 어딘가가 왠지 차갑게 식는 느낌이었다.

'……맞아, 나카지마는 여성 잡지의 편집자잖아.'

여자친구냐고 묻는 모델에게 강하게 부정하던 모습이 시야에서 사라지지 않았다. 나카지마 주변에는 예쁜 모델이나 늘씬한 잡지 편집자들이 잔뜩 있었다……. 자신처럼 일만 하는 여자가 아니라.

모델은 기다리던 차에 타던 중이었는지 금방 대화를 끝맺었다.

"나카지마 씨, 또 연락해도 돼요?"

차에 타려던 그녀가 뒤돌아 웃음 띤 얼굴로 나카지마를 보았다.

"돼요. 언제든지요."

나카지마도 손을 흔들며 말했다.

아유미는 두 사람을 보며 아까 먹은 퐁당 쇼콜라를 떠올렸다.

퐁당 쇼콜라의 안쪽은 반죽에 감싸여 따뜻하고 달콤하게 녹아 있었다.

하지만 그것은 포크를 넣기 전까지였다. 녹아내린 초콜릿 소스는 바깥 공기에 닿자마자 차갑게 식어 굳어버렸다.

죄송하다고 말하는 나카지마에게 아유미는 아니라며 어색하게 고개를 흔들었다.

가슴이 쥐어짜듯 아팠다.

시월의 밤거리에 어디선가 떨어진 낙엽이 바스락거렸다.

그날 이후, 나카지마가 아유미에게 연락하는 간격이 점점 벌어졌다.

지금까지 대부분 나카지마가 먼저 연락했기 때문에 이쪽이 연락하지 않으니 자연히 대화가 끊기고 말았다. 먼저 연락해볼까 하는 생각이 없지는 않았지만 그럴 때마다 아유미의 머리에는 나카지마에게 말을 걸었던 모델의 모습이 어른거렸다.

그런 식으로 한 달이 지나갔다.

같은 회사라고 해도 엘리베이터 앞에서 마주치기 전까지 스쳐 지나가는 일도 없었다. 우연히 만나는 일도 없이 나카지마의 얼굴을 보지 않는 날이 계속됐다.

나카지마에게 보고할 일이 없게 되자 일을 향한 열정도 반으로 줄었다.

그렇게 생각하는 자신이 뜻밖이었지만 그가 도와줬던 신간이 무사히 출간되고 프로모션으로 바빠지자 그런 생각을 할 겨를도 없어졌다.

연락이 없어져 오히려 잘 됐다고 여겼다.

바쁘게 서점을 돌던 어느 날, 편집부에 돌아오니 책상에 나카지마가 편집한 잡지가 놓여 있었다.

책 코너에 이번 신간이 소개된 호였다.

그 잡지를 집는 데 망설인 이유는 고집 같은 것이었을지도 모른다.

그래도 애써서 신간 프로모션을 도와줬기에 책 코너만 읽고 나카지마에게 무난한 감사 메일을 보내두었다. 너무 거창한 메일을 보내 부담스럽게 하긴 싫었기 때문이다.

다음 날 답장이 왔고 나카지마에게 받은 답장도 실로 무미건조했다.

'잡지 받으셨다니 다행이에요. 신간에 관한 정보 감사했습니다. 나카지마 드림.'

답장을 보고 왠지 모르게 다운된 기분도 한순간이었다.
'우울하다고 일이 기다려주는 것도 아니니까.'
그렇지 않아도 심혈을 기울인 신간 발매 직후였다. 아유미는 낙심한 마음에 뚜껑을 닫듯 나카지마의 메일을 닫았다.

그렇게 약 이 주 내내 아유미는 신간의 프로모션으로 분주했다.
연일 서점을 도는 바람에 오늘도 완전히 녹초가 돼서 자기 자리로 돌아왔다.
금요일 심야라 편집부에 사람이 남아 있을 리 없었다.
일이 어느 정도 끝나자 아유미도 빨리 집에 가고 싶어져 퇴근 준비를 시작했다.
그런데 정리하려고 본 책상 위, 보름 전 나카지마가 전해준 잡지에 눈이 멈췄다. 책 코너에 신간을 소개해줬던 호였다.
책은 좋은 작품성과 더불어 광고 효과까지 얻어 판매가 순조로웠다.

'또 아유미 씨한테 좋은 일이 생기면 반 나눠주세요.'

그렇게 말하던 나카지마의 웃는 얼굴이 머리를 스쳐 지나갔다.

'……일직 퇴근한다고 해도 혼자 밥 먹고 자기밖에 더 해.'

그런 생각이 들자 아유미는 다시 의자에 앉았다.

잡지를 들고 표지를 넘겼다.

그러자 거기에는 잡지를 받았을 때 눈치채지 못했던 포스트 잇이 붙어 있었다.

'아유미 씨에게,

냉장고에 열심히 일한 보상으로 선물 넣어놨으니까 외근 끝 나면 먹어요. 나카지마.'

언젠가와 똑같이 아무 특징도 없는 포스트잇.

나카지마다운 깔끔한 글씨가 적혀 있었다.

'이런 걸 붙였었구나…….'

'아유미 씨 단 거 좋아하나 봐요.'

나카지마의 목소리가 귓가에 울렸다.

아유미는 메모에서 시선을 떼고 편집부에 있는 커다란 냉장 고를 봤다. 나카지마가 ID카드를 가져다주러 왔을 때 신기하 게 쳐다봤던 냉장고였다.

냉장고로 다가가 문을 열자 안에 작은 종이봉투가 들어 있 었다.

종이봉투에는 '무카이 아유미'라고 적힌, 자신은 쓴 기억도 없는 포스트잇이 붙어 있었다.

'이거…… 나카지마 글씨다.'

봉투를 들고 자리로 돌아와 잡지에 붙어 있는 포스트잇과 비교해보니 틀림없었다.

종이봉투 안에는 딱 적당한 가격의 컵아이스크림이 들어 있었다.

이게 나카지마가 말한 '보상'이구나.

'혼자 먹으면 사치스럽고 좋겠지만 반씩 나눠 먹으니까 더 좋네요.'

부드럽게 웃는 나카지마의 얼굴이 떠올랐다.

'아유미 씨가 받은 상을 반 나눠줘서, 고마워요.'

베리 소스의 새콤달콤함이 떠올라 가슴이 죄어왔다.

'다음에도 함께 반씩 나눠 먹을 수 있을 줄 알았는데.'

이게 뭐야, 아유미가 고개를 떨궜다.

혼자서 뭐든 할 수 있다고 여겼다.

밥도 혼자서 먹을 수 있었고 일도 어떻게든 할 수 있었다.

하지만 아유미는 혼자서 먹기보다 둘이 먹는 편이 더 맛있다는 걸 알고 말았다.

함께 나누는 게 더 맛있다고, 나카지마 때문에 알게 됐다.

"……흑……."

손을 꾹 쥐자 손등으로 눈물이 똑 떨어졌다.

'괜찮아. 이런 기분도 언제나 혼자 넘겨왔으니까.'

슬픔 따위.

아유미는 종이봉투 안에서 컵아이스크림을 하나 꺼냈다.
제일 좋아하는 쇼콜라 맛이었다.
배가 고플 때 쓸데없는 생각을 하면 좋지 않다. 깨닫고 상처
받을 생각이라면 더더욱.
'단 거라도 먹고 힘내자.'
아유미는 눈가를 닦고 컵아이스크림의 뚜껑을 열었다.
그러자 그곳에.

'고생했어요.'

플라스틱으로 된 아이스크림 뚜껑 안쪽에 익숙한 글씨가 드
러났다.
유성 펜으로 쓰인 나카지마의 글씨였다.
'설마……'
아유미는 빨라지는 가슴의 고동에 헐레벌떡 종이봉투에서
다른 아이스크림을 꺼냈다. 뚜껑을 열 때마다 차례차례 나카
지마의 글씨가 나타났다.

'늦게까지 고생했어요.'

'책 잘 팔리네요.'

'무리하지 마요.'

아이스크림은 전부 다섯 개였다.

가장 아래 들어 있던 아이스크림 뚜껑을 열자마자 아유미는 자기도 모르게 자리에서 일어났다.

마지막 아이스크림 뚜껑에는 이렇게 적혀 있었다.

'또 같이 나눠 먹고 싶어요.'

아유미는 어찌할 바를 몰랐다.

일단 아이스크림을 냉장고에 다시 넣은 뒤 짐을 들고 편집부를 뛰쳐나왔다.

아직 회사에 남아 있을까.

엘리베이터 앞에 서서 핸드폰으로 급히 나카지마의 번호를 찾았다.

문이 열린 엘리베이터에 타서 여성 잡지부가 있는 6층 버튼을 누르며 전화를 걸었다.

신호음이 울리는 사이 엘리베이터가 6층에 도착했다.

6층입니다, 안내방송에 쫓기듯 엘리베이터에서 내리기는 했지만 문득 이런 생각이 들었다.

'……벌써 돌아가지 않았을까.'

귓가에서 연결되지 않는 신호음이 계속 울렸다.

통화 종료 아이콘을 누르자 적막한 엘리베이터 홀처럼 아유미의 마음도 가라앉았다.

'……돌아가자.'

힘없이 발을 돌려 내려가는 버튼을 눌렀다.

'얼른 돌아가서…….'

혼자 밥 먹고, 혼자 영화도 보고, 그리고 자야지.

시간이 남으니까 외롭다는 생각도 하는 거야.

그렇게 생각하고 있을 때 손 안에 휴대폰이 진동했다.

"여…… 여보세요!"

풀죽은 모습을 누구에게 들키기라도 한 기분으로 아유미는 재빨리 전화를 받았다. 누구에게서 온 전화인지 눈에 들어오지도 않았다.

"오랜만입니다. 아직 회사예요?"

"나, 나카지마……?"

연결되지 않던 전화 상대의 목소리였다.

"……응, 아직 회사야."

동요를 들키지 않으려 평정을 가장해 대답했다.

그러자 나카지마가 쿡쿡거리며 웃었다.

"뭐 하시는 거예요, 아유미 씨. 금요일 저녁인데."

"뭐…… 뭘, 일하는 게 뭐, 그러는 그쪽은 뭐 하는데."

"저요? 저는 퇴근했죠."

"아, 그래……."

'그렇구나, 벌써 퇴근했구나…….'

어깨에 힘이 쭉 빠진 아유미는 이번에야말로 자신의 기분을 확실히 깨달았다.

'나카지마가 보고 싶어.'

나카지마의 존재가 이렇게나 마음속에서 커져버렸다.

그렇지만 나카지마가 여기에 있어 주지 않으면 아무리 자신이 원한다고 한들 소용없었다.

뭐든 혼자서 할 수 있었다.

하지만 사랑만은 혼자서 할 수 없었다.

그런 단순한 사실을 아유미는 이제 와서 깨달았다.

"그래도 아유미 씨다워요. 이런 시간까지 일하는 것도."

"무슨 의미야."

"정말 열심이시네요, 라는 의미예요. 그런데 어쩐 일이에요? 드물게 먼저 연락을 주시고."

맞아…… 하고 아유미는 정신이 들었다.

용건이 없는데 이런 전화를 거는 게 아니었다. 아유미에게 나카지마는 보고 싶다거나 외롭다고 말해도 되는 관계의 사람이 아니었다.

"……아유미 씨?"

입을 다물어버린 아유미를 이상하다고 여겼으리라.

전화 너머에서 나카지마가 의아한 목소리로 물었다.

"괜찮아요? 너무 과로한 거 아니에요?"

"아니야. 일 끝나고 한숨 돌리고 있었어."

"그러면 다행이지만, 조심하세요, 또 무리하고 있을 것 같은
데……. 엇……?"

대화의 마지막은 그의 목소리가 이중으로 들렸다.

그도 그럴 게…… 목소리가 들린 쪽을 보니 엘리베이터 홀
과 연결된 복도에 멍하니 서 있는 나카지마가 보였다.

"아유미 씨……. 왜?"

눈을 크게 뜬 채 아유미는 전화를 끊는 것도 잊고 말했다.

"나……, 나카지마야말로 퇴근한 거 아니었어?"

나카지마는 아유미에게서 시선을 돌려 전화를 껐다.

"맞아요. 퇴근하는 길이었어요. 아유미 씨가 아직 회사에 있
으면 그사이에 회사를 나가려고……. 그러면 퇴근길에 마주치
지 않을 수 있으니까."

나카지마는 마치 '실패했다'고 말하듯 희미하게 얼굴을 찌푸
렸다.

'그렇게나 날 만나기 싫었구나…….'

사이가 어색해졌다는 생각은 착각이었다. 오히려 아주 싫어
하고 있는지도 몰랐다. 나카지마의 표정에 아유미는 예상치

못한 상처를 받았다.

"아유미 씨야말로 일하던 중 아닌가요. 왜 여기 있어요."

"나…… 난."

……네가 보고 싶어서.

하지만 방금 나카지마의 표정을 본 상황에서 그런 말을 할 수 있을 리 없었다.

'뭔가…… 뭔가 그럴싸한 변명이.'

"……저, 나카지마가 냉장고에 넣어놓은 아이스크림!"

거의 외치듯 말한 아유미에게 나카지마가 의문에 찬 표정을 지었다.

"아이스크림?"

"그래, 그…… 상으로 준, 나눠 먹자고 쓰여 있어서……."

말하면서도 점점 작아지는 어미가 느껴졌다.

'이 바보…….'

아무리 성격 좋은 나카지마라고 해도 만나고 싶지도 않은 사람이 먹을 걸 나눠 먹자고 하면 기쁠 리 없었다. 어떻게 생각해봐도 인사치레였다.

"……이제 와서요?"

역시나 나카지마는 언짢은 기색으로 말했다.

"응……. 일이 겨우 정리돼서 잡지에 붙은 메모를 봤어. 그래서 방금 아이스크림 뚜껑에 써진 메시지를 발견했는데……."

변명이라고 해도 더 괜찮은 표현이 있을 것 같았다.

하지만 세세한 부분까지 신경 쓸 정도로 침착할 수 없었다. 가능하다면 지금 당장 도망치고 싶었지만 엘리베이터가 오지 않았다.

"그래서 여기까지 만나러 와준 거예요?"

고개를 끄덕이면 나카지마가 곤란하겠지.

'만나러 왔다고 절대 말 못 해……'

그렇게 생각하는 마음과는 정반대로 뺨이 훅 뜨거워졌다.

허둥지둥 고개를 숙였지만 목덜미까지 열기가 번진 후였다. 틀림없이 얼굴도 붉어졌으리라. 이래서는 마음을 쉽게 들키고 만다.

실제로 나카지마는 꾹 입을 다물어버렸다.

두 사람 사이로 어색한 침묵이 지나갔다.

"……말도 안 돼……."

조금 뒤 나카지마가 중얼거렸다.

난처한 기색이 섞인 목소리에 깜짝 놀라 아유미는 고개를 들었다. 나카지마는 커다란 손으로 입을 막은 채 말문이 막힌 모습이었다.

그리고…….

나카지마의 얼굴도 눈에 보일 정도로 새빨개져 있었다.

'……어라?'

믿을 수 없는 것을 본 기분에 아유미는 자기도 모르는 사이에 그를 응시했다.

"……진짜 너무해요. 전 완전히 거절당한 줄 알고……."

나카지마가 푸욱 크게 한숨 쉬고 초조함이 가득한 투로 말했다.

"거절당했다고? 나카지마가 나한테?"

"그래요. 컬처 페이지를 읽었다고 답장은 왔는데 아이스크림은 일체 언급도 안 하니까 눈치 못 챈 척 넘겨버리려나 보다 했죠."

"그건, 미안……. 아까까지 포스트잇이 붙어 있는지 몰랐어."

"뭐예요, 그게. 이쪽은 일생일대의 고백을 한 참이었는데."

이렇게 말한 나카지마가 숨을 삼켰다. 당혹스러움에 입을 움찔댔지만 이미 늦었다. 이미 다 듣고 말았다.

"그거 혹시……."

주저하며 묻는 아유미를 보고 나카지마는 무슨 변명을 해도 소용없다고 생각했는지 무릎을 굽히고 자리에 풀썩 주저앉았다.

"……그래서, 제가 먼저 연락하지도 못하고 마주치지 않으려고 조심했다고요."

나카지마는 굽힌 무릎 위에 엎드려 불퉁히 목소리를 냈다.

"하지만…… 전에 모델 분 만났을 때는 여자친구 아니라며 곤란해하는 것 같아서."

"그건!"

끈질기게 묻는 아유미 때문에 벌떡 일어난 나카지마가 대꾸했다. 하지만 뒷걸음질 치는 아유미를 보고 주저되는 듯 아직 붉은 얼굴을 돌렸다.

"제가…… 아직 아유미 씨한테 어울리지 않는다고 생각했어요. 아유미 씨가 좋아진 계기가 일하는 모습이 멋있어서였으니까……. 적어도 아유미 씨가 만든 신간을 소개하는 기사라도 제대로 싣고 고백하려고."

나카지마가 아무 말도 못 하는 아유미를 다시 향했다.

"아유미 씨."

"어……?"

애절한 표정으로 다가오는 나카지마와 반대로 아유미는 한 걸음 뒤로 물러났다. 아유미의 등이 벽에 툭 닿았다. 그 순간.

두 사람 바로 옆에 있던 엘리베이터의 문이 열렸다.

숨 쉬는 것도 잊고 있던 순간 엘리베이터에서 여자가 내렸다.

"아, 나카지마, 수고……. 어라?"

무척이나 쾌활한 여성 잡지 편집자 분위기를 풍기는 여자가 나카지마와 아유미를 번갈아 쳐다보고는 씨익 입꼬리를 올리고 나카지마에게 귓속말했다.

"그 문예부?"

"잠……깐, 그만 좀 하세요……!"

더욱 붉어진 그를 향해 편집자 선배처럼 보이는 여자가 "방해해서 미안" 하고 손을 흔들며 복도 저편으로 사라졌다.

"진짜, 저 사람이……."

여자가 사라진 복도를 노려보며 나카지마가 분을 삭였다.

'방금 그건…….'

방해해서 미안, 이라는 말은…… 역시.

"앗……, 아유미 씨?!"

나카지마가 부르는 소리가 들렸다.

부끄러움과 조급함에 아유미는 당장 문이 닫히려는 엘리베이터 안으로 뛰어들었다.

1층 버튼을 꾹꾹 누르고는 엘리베이터 벽에 등을 기대고 천천히 닫히는 문을 보며 도망쳤다고 안도했다.

하지만.

이미 한 사람도 지나가기 어려울 만큼 좁아진 엘리베이터 문 사이로 남자의 손이 비집고 들어왔다.

손에 힘이 들어가자 안전장치가 작동해 문이 열렸다.

"나…… 나카지마……?"

엘리베이터 안으로 들어온 나카지마가 무릎에 손을 짚고 어깨를 들썩이며 하아 하고 크게 숨을 내쉬었다.

"젠장……. 만나면 하고 싶었던 말을 전부 잊어버렸잖아요……."

아유미가 기대고 있던 벽에서 등을 뗐다.

"아유미 씨."

"왜…… 왜."

"절 만나러 왔다는 건…… 저만 좋아한 게 아니었다고, 그렇게 생각해도 되는 거죠?"

"그건…… 으……!"

나카지마가 이쪽을 본다고 생각한 순간 아유미는 떠밀려 다시 벽에 등을 기댔다.

나카지마가 아유미의 한쪽 뺨을 잡아 고개를 위로 들어 올렸다.

엘리베이터 문이 닫히고 표시등의 숫자가 6에서 차례로 줄어들었다. 줄어드는 숫자를 보고 있는 아유미의 시선이 아주 잠깐 달콤함이 깃든 단정한 얼굴에 가로막혔다고 느낀 순간.

입술에 따뜻한 것이 닿았다.

시선이 전부 가로막혀 마음속으로 숫자를 셀 수밖에 없었다.

……5, 4, 3, 2…….

엘리베이터가 1층에 도착했다.

"아유미 씨."

아직 숨이 닿는 거리에서 나카지마가 아유미의 이름을 속삭였다.

"오늘 밤은…… 제가 당신의 선물이 되게 해주세요."

"……응……?"

"아유미 씨, 단 거 좋아하죠? 제가 달달한 거 잔뜩 해줄게요."

……혼자 먹으면 사치스럽고 좋겠지만 반씩 나눠 먹으니까 더 좋네요.

'……좋아한다는 마음도 그럴까?'

카운트다운이 제로가 됐다.

엘리베이터의 문이 열릴 즈음 아유미는 완전히 사랑에 빠진 후였다.

'괜찮아'는 괜찮지 않은 사람도 하는 말이라 알아채기 힘들다.

그렇게 요령 좋게 살려는 사람은 이미 서투른 사람이었다.

내가 짐수레째 그녀와 부딪힌 날이 첫 만남이었다.

당황했으면서 남에게 약한 모습을 보이지 않으려고 평정을 가장해 괜찮다고 말하는 모습.

그 모습을 보고 서투른 사람이라고 생각했다.

일에 열변을 토하는 모습이 귀여웠다.

이 사람의 마음을 독차지하고 싶었다.

그 만남에서 반년이 지났다.

오늘은 내가 편집하고 있는 여성 잡지의 교정 마감일이다.

무사히 업무가 끝났을 때는 벌써 밤이 깊었다.

그렇지만 돌아온 집에는 마음이 편안하게 해주는 불이 켜진 채였다.

"다녀왔어요."

"어서 와."

"타코야키 사 왔어요. 같이 먹을래요?"

"먹을래!"

신이 난 그녀는 내가 내민 비닐봉지 속을 들여다보고 있었다.

난 즐거워하는 그녀의 얼굴을 보며 생각했다.

⋯⋯날 위한 선물은 그대의 미소.

비닐봉지를 쳐다보던 시선을 올린 그녀가 들뜬 얼굴로 날 봤다.

"맥주 꺼낼까? 응, 맥주 꺼낼까?"

"맥주⋯⋯ 꺼내요!"

"야호!"

독차지하면 사치스럽고 좋지만 함께 나누면 더 좋은 것.

그중에서도 '좋아한다'는 감정은 특별하다

함께 나누려 한 순간 이렇게 기쁨이 두 배가 되니까.

제2화

실버 링

하루를 마치면 연락하고 싶은 사람이 있다.
대부분 그저 그런 내용이지만.

가령 좋은 음악이나 재미있는 책을 발견했을 때.
누군가에게 알려주고 싶어진다.
그럴 때 알려줄 사람이 있는 것 자체가 멋지고 유쾌하다.

기쁜 일이 있을 때 너에게 제일 먼저 알리고 싶어.
그러니까 오늘도 즐거운 일이 생길 거야.
앞으로 나아가자, 새로운 일을 해보자.
그렇게 오늘도 네가 나를 좋아해주면 나는 더 행복할 거야.

내 바람은 이제 하나.
솔직히 말할 테니까 들어줘.
네게 행복한 일이 생겼을 때,
가장 먼저 전하고 싶은 사람이 되고 싶어……. 계속 그러길 바
랐어.

귓가에 걸린 이어폰에서 그와의 추억이 담긴 노래가 흘러나왔다.

솔직하고 꾸밈없는 사랑 노래였다.

이번 라이브 투어에서도 세트 리스트에 포함됐다고 들었다.

고대하고 있는 라이브까지 앞으로 이 주가 조금 넘게 남았다. 직원 식당의 테이블에 앉은 마호는 이어폰의 선이 꼽힌 핸드폰으로 날씨 앱을 열었다.

보름 뒤 도쿄, 12월 첫 번째 토요일의 일기예보.

'다행이다, 아직 맑음이야.'

안도의 한숨을 쉬고 그대로 화면을 손으로 쓸어 넘겼다.

마호가 사는 도쿄의 예보 다음으로 설정한 페이지에는 나가노의 날씨가 표시됐다.

오늘 나가노는 흐린 뒤 비.

'……다이치, 따뜻하게 입었을까. 비 안 맞았으면 좋겠는데.'

비가 오는 나가노의 일기예보를 확인하고 나가노에서 영업사원으로 일하는 남자친구, 다이치를 떠올렸다.

다이치도 어린애가 아니니까.

외근지에서 비가 온다면 우산 정도는 살 수 있다는 걸 안다.

그런데도 걱정하는 이유는 나가노가 다이치가 감기에 걸린다 해도 당장 만나러 뛰어가지 못할 거리이기 때문이었다.

"왜 그렇게 복잡한 얼굴이야?"

귀에 걸린 이어폰이 툭 빠졌다.

고개를 들자 동기인 미유키가 트레이를 들고 서 있었다.

"흐응, 나가노 일기예보? 만나러 가려고?"

입꼬리를 올리는 미유키에게 마호는 고개를 저었다.

"아니야, 그냥 취미야!"

"그런 것치고는 히죽거리다가 걱정스러운 표정이었다가, 이랬다저랬다 귀여웠는데?"

"으으……."

모르는 사이에 표정에 다 드러난 듯했다.

"오래 사귀었는데도 사이좋네."

미유키가 킥킥 웃으며 마호의 맞은편에 앉았다.

동기 중에서도 특히 성격이 잘 맞는 미유키에게는 입사하고 얼마 지나지 않아 다이치를 소개했었다. 그 이후 이렇게 놀려대는 일이 잦았다.

"아 진짜, 그만해."

마호도 입술을 삐쭉이며 집에서 가져온 도시락 보를 풀었다.

오늘 메뉴는 근처 빵집에서 사 온 데니쉬와 어울리는 음식으로 했다.

새로 생긴 빵집은 빵이 맛있는 건 물론이고 인테리어까지 신경 쓴 가게였다. 가볍게 먹고 갈 수 있는 공간도 있어서 다음에는 다이치랑 오고 싶다고 생각했다. 새로운 곳을 발견할 때마다 그런 생각을 했다.

　도시락통의 뚜껑을 열었다. 치킨 피카타와 양을 적게 만든 포테이토 그라탱, 토마토소스 가지구이에 브로콜리 호두 샐러드가 가지런히 담겨 있었다.

　좋아, 좋아, 흐뭇해하며 다시 보니 이 메뉴도 다이치가 좋아하는 음식뿐이라는 사실을 깨달았다. 기회가 되면 만들어주려고 요리 교실까지 다니고 있었다.

　'확실히 지금도 사이는 좋아……. 그래도!'

　대학 동기였던 다이치와는 1학년 때 어학 수업에서 좋아하는 밴드가 같다는 사실을 알고 친해지게 됐다.

　계기는 다이치가 가져왔던 키홀더였다.

　겨우 대학에 적응했던 5월이었다.

　2교시 어학 수업이었다. 수업이 끝나고 교실을 나가려고 할 때 다이치가 가지고 있던 키홀더의 걸쇠 부분이 반짝 빛났다.

　마호는 제대로 대화를 나눠본 적도 없는 학생의 소매를 잡아 세웠다.

　"그거 혹시 투어 굿즈야?"

　좋아하는 밴드가 작은 라이브 하우스를 돌 무렵이었다.

　라이브 굿즈는 일반 팬을 대상으로 한 인터넷 판매로는 사지 못하고 라이브 현장에 가거나 팬클럽에 가입해야만 살 수 있었다.

　"으응, 그런데……."

건장한 체격에 짧고 검은 머리. 마호에게 다이치의 첫인상은 든든한 청년이었다.

갑자기 말을 건 마호를 다이치가 얼떨떨한 표정으로 쳐다보았다.

"혹시 이 밴드 알아?"

"당연히 알지, 완전 좋아해!"

마호가 힘차게 고개를 끄덕였다.

"진짜? 이 밴드 안다는 사람 처음 봤어."

"나도. 근데 아직 새 앨범을 못 샀거든. 빨리 듣고 싶은데."

"어, 진짜? 나 지금 가지고 있는데. 들을래?"

"정말?! 좋아!"

두 사람은 점심은 먹는 둥 마는 둥, 교내 정원 벤치에서 음악을 들었다.

CD플레이어에 꽂힌 이어폰의 한쪽은 다이치가 한쪽은 마호가 귀에 꽂았다. 그때 들은 곡이 지금 마호의 귓가에 흐르는 사랑 노래다.

새로 돋아난 초록 잎사귀 사이로 햇빛이 새어들었다.

이마를 가까이 맞대고 달달한 가사를 듣다 보니 가끔씩 팔이 닿을 듯했다. 그 피부가 자신의 피부보다 훨씬 뜨겁게 느껴졌다. 옆에 앉은 사람이 남자라고 새삼 느꼈던 자신을 지금도 선명히 기억한다.

음악이 공통의 관심사였던 둘은 음반 가게에서 쇼핑을 하거나 같이 라이브에 가면서 친해졌다.

대학교 1학년 가을 축제 기간에 다이치에게 고백받았다.

축제 마지막 밤, 두 사람이 좋아하는 밴드를 카피한 밴드의 무대를 봤다.

무대를 보고 돌아오는 길이었다.

평소와 달리 진지한 얼굴을 한 다이치가 둘이 만난 계기였던 키홀더를 건네며 말했다.

"내년 투어는 같이 가자. 내 여자친구가 되어줘."

그렇게 둘은 남자친구와 여자친구가 됐다.

이후로는 손을 잡고 걷고, 야외 페스티벌에 가고, 같은 만화책을 읽으며 웃고, 쓸데없는 일로 싸우고 울면서 화해했다.

말하자면 두 사람은 언제나 함께였다.

사귀기 시작한 스무 살 때부터 7년 동안.

무역 회사에 근무하는 다이치는 올봄에 나가노로 전근을 가게 됐다.

'장거리 연애는 늦든 빠르든 잘 안 된다고 흔히들 말하지만…….'

자신들만은 그렇지 않으리라고 마호는 생각했다.

어제만 해도 다이치의 귀가가 늦는 것 같아 메신저 앱으로 안부 메시지를 보냈다.

'밥 잘 챙겨 먹어, 힘내.'

그리고 자정쯤 돌아온 다이치에게 메시지가 왔다.

'자기 전에 잠깐 목소리 듣고 싶지만 진짜 들으면 들떠서 잠 못 잘 것 같으니까, 내일 연락할게.'

'바쁜데도 연락해주는걸, 무리하지 않아도 되는데……. 그래도 좋긴 좋아.'

답장을 기다리다 핸드폰을 쥔 채로 잠드는 날도 있다는 건 그에게 비밀이었다.

두 사람 다 약속이 없는 주말이면 느긋하게 긴 시간 통화를 할 때도 있었다.

최근에는 다음 달 첫째 주 토요일에 다이치가 도쿄로 올라오면 함께 갈 라이브로 이야기꽃을 피웠다. 뭐니 뭐니 해도 밴드가 결성된 이래 최대 규모의 홀 투어였다.

'그래도…… 짝사랑할 때 상상했던 것처럼, 서로를 좋아한다는 게 안정적이지만은 않은 것 같아.'

마호는 포크로 도시락을 찌르던 손을 멈추고 작게 한숨을 쉬었다.

이렇게 거리가 멀어진 것만으로 상대방을 잘 모르게 됐다는 느낌이 들었다.

요즘 들어 다이치는 일이 바쁜 모양이었다.

그런데도 '괜찮아? 피곤하지 않아?'라고 물어도 다이치는 '괜찮아. 라이브 기대된다'고 일관할 뿐이었다.

'나한테 걱정 끼치지 않으려고 그러는 건 알지만.'

그래도.

⋯⋯걱정을 끼치지 않으려는 사람 싫어. 마음 놓고 걱정도 할 수 없잖아.

그런 마음과는 반대로 자신도 '외로워'라고 다이치가 걱정할 말을 할 수 없어서 꾹 말을 삼킨다.

괜찮아, 마호는 스스로를 타일렀다.

'⋯⋯우리들은 장거리라도 문제없이 해나가고 있으니까.'

마호는 맞은편에 앉아 있는 미유키의 손 근처, 테이블 위에 놓인 잡지에 눈길을 줬다.

점심시간에 읽으려고 했는지 미유키가 가지고 온 잡지는 이십 대 여성을 타깃으로 한 패션지였다.

표지에 '지금부터 시작! 해피웨딩 기획'이라는 문구를 보고 무심코 다이치와의 미래를 상상할 정도로 둘 사이의 연애는 순조로웠다.

마호는 핸드폰의 진동음을 듣고 손을 멈췄다.

급히 핸드폰을 들여다보며 뭐가 오진 않았는지 확인했다.

액정에는 아무것도 표시되어 있지 않았다. 대신 화면에 시선을 내린 미유키를 보아하니 미유키에게 온 메시지였나 보다.

'뭐야⋯⋯.'

마호는 맥이 빠져 식당 의자에 등을 기댔다.

전화가 울리면 다이치에게서 온 것일까 싶어 기대하게 된다. 이상한 버릇이 생겼네, 감상에 빠져 있을 때 "말도 안 돼" 하고 미유키가 소리를 질렀다.

"무슨 일이야?"

마호가 묻자 미유키가 자신의 휴대폰을 가리키며 말했다.

"오늘 술 모임에 오는 여자 친구 하나가 감기에 걸려서 못 온대."

어쩌지, 라며 미유키는 화면에 시선을 내린 채 얼굴을 찌푸렸다.

"오늘은 꼭 여자가 남자보다 많아야 되는데……."

미간을 좁힌 미유키가 뭔가를 생각하는 듯했다. 그러고는 곧 흘깃 이쪽을 봤다.

"마호."

"으, 응?"

"오늘 일 끝나고 약속 있어?"

"어……? 없는데……."

"그럼 부탁할게! 오늘 밤 술자리 대타 좀 해주면 안 될까?"

"뭐?"

마호가 눈을 동그랗게 뜨자 미유키가 빌듯이 가슴 앞으로 손을 모았다.

"오늘 밤 술자리 나랑 대학 동기 남자애가 간사를 맡았는데……."

들자 하니 그 남자가 미유키의 친구를 마음에 들어해서 오늘 두 사람을 서로에게 소개하기 위해 간사인 둘이 기획한 술자리라는 것이다.

그런데 여자 쪽이 조금 경계심이 강한 타입인 듯했다.

미유키는 가능하면 남녀 각각 세 명씩 모여 가볍게 즐기는 분위기로 자연스럽게 다리를 놓고 싶은 눈치였다.

"그래서 뭔가 단체 미팅 같아졌긴 한데…… 동기인 그 녀석한테 빚진 게 있어서 꼭 그 친구랑 잘 되게 도와주고 싶어. 응? 이렇게 부탁할게!"

미유키는 고개를 숙여 짝 소리 나게 손바닥을 부딪치고는 눈만 슬쩍 들어 마호를 바라봤다.

"으음……."

마호는 대답을 망설였다.

퇴근 후에는 항상 다이치한테 오는 전화를 곧장 받을 수 있도록 웬만하면 집에 일찍 돌아가기 때문이었다.

망설이는 사이에 미유키가 한층 강하게 밀어붙였다.

"부탁이야 마호. 다이치한테 전화 오면 내가 핑계 대줄 테니까."

이쪽을 올려다보는 미유키는 전에 없이 곤란해 보였다.

"……뭐 해줄 건데?"

마호가 으스대며 팔짱을 꼈다.

"마호가 먹고 싶다고 했던 메종의 버터케이크 어때?"

그런 마호에게 미유키는 오픈 전에 줄을 서지 않으면 살 수 없다는 한정 제품의 이름을 넌지시 흘렸다.

"……진짜?"

"크루아상도 추가."

꿀꺽 목을 울리는 마호에게 미유키가 품절되기 일쑤인 명물을 들이밀었다.

"어……, 어쩔 수 없지."

헤벌쭉 풀어지려는 입매를 단단히 하며 마호는 짐짓 점잖게 고개를 끄덕였다.

"친구를 도와주기 위해서니까 가주도록 할게, 그 술자리."

"진짜?"

환호성을 지른 미유키가 동기에게 멤버 교체에 대해 연락했다. 무척 친한 친구 같았다. 미유키의 안도한 표정을 보고 마호도 다행이라고 느꼈다.

'게다가 다이치는 이런 일을 트집 잡는 성격도 아니고.'

다이치는 대지를 뜻하는 자신의 이름 그대로 마호와 동갑인데도 훨씬 침착한 성격이었다.

그런 데다가 다른 사람의 연애사업을 도울 수 있다면 그야말로 '다녀와'라며 웃으며 배웅해줄 만큼 마음이 넓은 사람이었다.

미리 사정만 설명한다면 아무 문제도 없을 터였다.

마호는 메신저 앱을 켜서 다이치와의 대화방을 열었다.

'오늘 밤은 미유키 친구들이랑 술 마시러 갔다 올게. 남자들도 있는 모양인데 커플 이어주려고 가는 거니까 걱정하지 마.'

"그건 그렇고 의외로 다들 결혼이 빠르네."

송신 버튼을 누르려던 참에 미유키의 목소리가 귓가에 와 닿았다.

미유키를 보니 마호가 옆에 놓아두었던 잡지의 표지를 쳐다보고 있었다. 마호도 아까 시선이 갔던 웨딩 특집 문구였다.

"오늘 간사를 맡은 애도 빨리 결혼하고 싶대. 당장이라도 여자친구를 만들겠다고 안달이라 더는 못 참겠더라고."

나쁜 녀석은 아닌데, 한숨 쉰 미유키는 이렇게 남 뒤치다꺼리는 잘하면서 정작 본인은 오래도록 짝이 없었다. 미유키야말로 오늘 술자리에서 좋은 사람을 만났으면 좋겠다고 마호는 생각했다.

"그러네. 우리도 이제 스물여섯이고."

분명 대학 시절 동기들이 슬슬 결혼을 의식할 나이였다. 마호는 잡지를 넘기는 미유키를 무심결에 보며 대답했다.

"마호는 어때?"

"응? 나?"

"다이치랑 오래됐잖아. 결혼 얘기는 없어?"

"결혼이라……."

마호는 미유키가 펼친 페이지로 시선을 내렸다.

순백의 드레스, 결혼반지, 플라워 샤워와 웨딩 케이크.

어렸을 때 종종 '크면 시집갈 거야'라며 아버지를 슬프게 했던 마호였다. 결혼을 동경하지 않을 리 없다.

'하지만…… 다이치는 어떨까.'

학생 때는 '나도 언젠가 결혼할 거야' 하고 순진한 꿈을 꿀 수 있었다.

하지만 나이가 들며 현실을 깨달아감에 따라 가볍게 말하지 못할 주제가 됐다.

"글쎄, 다이치가 전근한 지 얼마 안 됐으니까."

"그렇구나. 앞으로 몇 년은 나가노에 있어야 되니까. 그래도 무역 상사는 엄청 안정적이잖아. 언제 결혼하든 좋을 것 같은데."

"그런가."

"그래. 다이치도 마호한테 같이 가자고 한 마디 정도는 했어도 좋았을 텐데."

"어?"

생각지도 못한 말에 마호가 눈을 깜빡였다.

미유키는 화들짝 놀라 곧바로 덧붙였다.

"아……, 그게, 별로 다른 뜻은 없는데. 지인 중에 전근 때문에 결혼한 사람이 있어서 다이치도 그런 생각 없었을까 하고."

미안하다며 미유키가 어색한 표정을 지었지만 마호도 어느 정도 인정했다.

"아니야, 듣고 보니 그러네⋯⋯."

⋯⋯다이치는 전근지로 나를 데려갈 생각은 없었던 걸까.

물론 실제로 '따라올래?'라는 말을 들었다고 해서 간단히 '응' 하고 승낙할 수 있는 일은 아니었다. 직장과 앞으로의 일 그 외에도 여러 가지 생각한 결과 지금처럼 장거리 연애를 선택할 가능성이 높았다.

그렇기에 다이치도 미유키에게 따라와 달라고 말하지 못했을지도 모른다.

"뭐 누구나 전근 간다고 결혼하는 건 아니니까."

미유키가 생각에 빠진 마호를 위로했다.

"응⋯⋯."

⋯⋯그건 그렇지만.

마호는 마음속에 작은 구멍이 뚫린 듯한 기분이 들었다.

창문 밖으로 차가운 겨울바람이 흐린 하늘 아래를 불고 있었다.

"아, 벌써 시간이."

미유키가 손목시계를 보며 말했다.

"나 점심 끝나자마자 회의야."

입을 다문 마호를 보고 미유키도 시무룩한 표정을 지었다.

"왠지⋯⋯ 내가 괜한 소리를 해버렸네."

"아니야, 괜찮아. 신경 쓰지 마."

서둘러 고개를 흔들며 웃어 보였다.

미유키도 마호의 염려를 알아챘는지 금세 표정을 풀었다.

"그럼, 저녁 약속에 대한 건 이따가 연락할게."

"알았어. 나도 술자리는 오랜만이니까 기대된다."

마호는 손을 흔들며 미유키와 헤어진 후에도 미소로 굳은 얼굴을 풀지 못했다.

그날 오후 일이 너무 바빠서 약속에 15분 지각하고 말았다.

"마호, 여기야!"

약속 장소인 가게에 들어가니 안쪽에서 미유키가 손을 흔들었다.

"미안해, 일이 많아서."

이미 마호 이외의 사람들이 모여 있는 자리에 조심조심 앉았다.

오늘은 정말 드물게 일이 쇄도했다. 퇴근 시간을 한참 넘겨 퇴근하고서야 겨우 미유키가 가게 위치를 보내준 메시지를 봤을 정도였다.

"모두 모였으니까 한 번 더 건배!"

미유키가 선창하자 사람들이 잔을 들었다.

다른 사람들의 건배 소리에 맞춰 미유키도 잔을 들었다.

모인 사람은 간사인 미유키를 포함한 여자 셋과 미유키의 동기인 남자 그리고 그가 부른 남자 둘, 도합 여섯이었다.

모두 비슷한 나이라 딱딱하지 않은 분위기의 자리였다.

"마호 이거 받아."

건배한 뒤 분위기가 풀어지자 옆에 앉아 있던 남자가 음식을 던 접시를 건넸다. 자기소개 때 시로타라고 자신을 소개한 마호보다 한 살 연상인 사람이었다.

"고마워요."

마호가 접시를 받자 시로타가 자연스럽게 귓속말을 했다.

"마호 지금 장거리 연애 중이라며."

"⋯⋯! 어떻게 그걸."

당황한 마호를 보고 시로타는 재미있다는 듯 출처를 밝혔다.

"쿠라하시한테 들었어."

시로타는 미유키의 남자 동기를 눈으로 가리켰다.

"마호는 장거리 연애 중인 남자친구가 있으니까 건들지 말라고 못을 박더라고."

"아아⋯⋯, 그랬나요."

쿠라하시와 사이가 좋은 미유키가 사전에 선을 그어준 듯싶었다.

마호는 가슴을 쓸어내리고 자신의 잔을 들었다.

"사실은 나도 얼마 전까지 장거리 연애를 했었어."

뜻밖의 말에 마호는 놀라서 눈을 크게 떴다.

"시로타 씨도요?"

"응. 꽤 오래 사귀었는데 5년 정도. 그런데 장거리 연애가 되자마자 왕래하기도 버겁고 외롭고……. 여러 가지로 어려워져서."

"아아, 알아요."

"내 경우는 여자친구가 나보다 두 살 연상이었거든. 서로 결혼 적령기였고 앞으로 어떻게 할지 이야기도 했었지만 결국 헤어졌어."

"그랬군요……."

"물리적으로 떨어졌다는 이유도 있었지만, 뭐 타이밍이 나빴지. 지금은 연이 아니었다고 생각해, 우리는."

듣던 마호가 침울해지자 시로타의 눈썹도 팔자로 휘었다.

"미안해, 어두운 이야기를 해서."

"아니요, 괜찮아요. 시로타 씨 기분 잘 아니까요."

"아……, 그렇겠네. 나도 누군가한테 털어놓고 싶었나 봐."

시로타는 겸연쩍은지 머리를 긁었다.

"쿠라하시 녀석, 오늘 나한테도 여자 소개해줄 예정이었는데…… 저 녀석이 말한 대로 장거리 연애 하는 사람한테 들이대지도 못할 노릇이고. 쿠라하시가 잘 되도록 오늘은 분위기메이커 역할에 집중해야겠다."

"……시로타 씨."

"마호도 남자친구랑 떨어져 있어서 외롭겠지만 내 몫까지 힘내."

시로타가 사람 좋은 미소를 지었다.

"……감사합니다."

시로타에게 감사 인사를 하고 마호는 술자리의 떠들썩함이 약간 멀어진 느낌이 들었다.

……꽤 오래 사귀었는데.

시로타의 말이 머릿속에서 떠나지 않았다.

다이치와는 7년이나 사귀었으니까 앞으로도 분명 괜찮다고 여겼다.

그런데 시로타의 이야기는 오랫동안 사귀었어도 헤어질 때는 헤어진다는 사실을 깨닫게 하기에 충분했다.

……다이치도 한 마디 정도 마호에게 '따라올래?'라고 물어봤으면 좋았을 텐데.

미유키한테도 오늘 점심에 그런 소리를 들은 참이었다.

그러고 보니 다이치와의 대화는 전화도 메시지도, 전부 이쪽이 항상 연락받을 준비를 해두고 그쪽이 시간이 날 때만 하는 형국이었다.

'설마 다이치는 내가 별로 필요하지 않은 걸까……'

그렇게 생각하기 시작하자 점점 나쁜 쪽으로 사고가 흘러갔다.

누군가를 순간순간 좋다고 느낄 수는 있어도 실제로 계속 좋아하기란 정말 쉽지 않았다.

누군가를 믿는 것도 마찬가지다.

가까이 있을 때는 마호가 불안해하면 다이치가 알아채고 괜찮다며 안아줬다.

'좋은 말만이 아니라 안 좋은 말도 꼭 들을 테니까 말하고 싶은 게 있으면 숨기지도 말고, 고개 숙이고 말하지도 마. 날 보고 말해줘. 나도 제대로 마호 보고 들을 거야.'

그렇게 말하고 등을 톡톡 두드려줬다.

따뜻한 가슴과 단단한 팔에 감싸여 마호도 그렇게 안심했다.

하지만 다이치는 여기에 없다.

외로워도 보고 싶어도 곧장 만나러 가지 못하는 거리.

'······떨어져 있다는 게 이렇게나 불안한 일이라니.'

아니면 오랜만에 나온 술자리에서 과음했는지도 모른다.

갑자기 도는 취기를 자각하고 마호는 화장실에 가려고 일어났다.

"죄송해요, 저 잠깐."

옆자리의 시로타에게 양해를 구하고 자리에서 일어났다.

그때 마호가 테이블 위에 올려두었던 휴대폰이 진동했다.

발신자 표시는······.

'다이치!'

순식간에 기분이 밝아졌다.

속없이 뒤바뀌는 마음에 스스로가 우스워 그만 입매가 풀렸다.

마침 다이치를 생각하던 차였다. 마음이 통했다며 마호는 통화 버튼을 눌렀다.

"여보세요, 다이치?"

자리를 벗어나 작은 목소리로 다이치를 불렀다.

"마호? ……아직 밖이야? 별일이네."

"응, 오늘 미유키랑 술 마시러 나왔어."

다이치의 말투에 어렴풋이 석연치 않은 기색을 느낀 마호는 의아함에 고개를 갸웃했다.

오늘 밤 술자리에 참석한 사정은 메시지로 연락해두었을 터였다.

그러고 보니 다이치는 마호가 다른 사람들과 만날 때 연락하는 법이 없었다.

'그런데 왜……?'

뭔가 급한 일이 생겼나?

그게 아니면 몸이 안 좋은가?

"마호 괜찮아?"

무슨 일 있냐며 마호가 물으려던 순간 뒤에서 마호를 부르는 소리가 들렸다.

"……시로타 씨."

"취한 것 같은데 괜찮은가 해서……. 아."

시로타는 뒤를 돌아본 마호가 귓가에 휴대폰을 대고 있는 모습을 보고 아차 싶은 표정을 지었다. 곤란한 듯 '미안' 하고 입만 벌려 사과한 뒤 자리로 돌아갔다.

역시나 장거리 연애 경험자다웠다. 마호는 시로타가 상황을 파악하는 속도에 감탄했다.

휴대폰을 고쳐 들고 전화기에 대고 "미안해" 하고 마호가 말했다.

그랬더니 다이치가 딱딱한 톤으로 대답했다.

"……다른 사람도 있네. 자리로 돌아가."

"어? ……이제 괜찮은데?"

다이치의 목소리에 화들짝 놀란 마호가 휴대폰을 쥔 손에 힘을 줬다.

"괜찮지 않아. 다른 사람하고 같이 있으면서 오래 자리를 비우면 좋지 않잖아."

"응……. 그건 그렇지만."

"그럼 끊는다. 조심해서 들어가."

"어? 아, 잠깐……, 다이치!"

순식간에 전화가 끊겼다.

마호는 통화 종료음만 들리는 휴대폰을 바라봤다.

……이상해.

평소에는 전화를 끊기 힘들어서 바보처럼 서로 '이제 끊는다'라고 말하지 않고는 통화를 끝내지 못했다.

왠지 차가웠던 다이치의 목소리도 신경 쓰였다.

자신이 술자리에 나와 있는 동안 뭔가 다른 연락을 했었나.

마호는 메시지 화면을 켰다.

'뭐야, 이게. 낮에 보냈던 메시지가 안 갔잖아……!'

문장을 쓴 다음 송신 버튼을 누르지 않은 모양이었다. 입력란에 쓴 메시지가 그대로 남아 있었다.

'……오늘 오후에 휴대폰 만질 시간이 없었으니까.'

평소였다면 업무 중에는 힘들어도 최소한 퇴근 후에 다이치에게 연락이 오지 않았으면 확인했을 터였다.

그런데 오늘은 약속에 늦어서 무엇보다 먼저 미유키에게 연락하고 서둘러 약속 장소에 도착하는 데 정신이 팔렸었다.

"어쩌지……."

자신을 걱정해준 시로타에게 잘못은 없었다.

그렇지만 시로타의 목소리를 전화로 들었다면 다이치가 엉뚱한 오해를 했어도 이상하지 않았다.

그렇다고 이제 와서 사정을 설명해도 변명이라고 느낄지도 몰랐다.

'……일단 집에 돌아가서 생각을 정리한 뒤에 다시 한 번 전화해보자.'

이런 떠들썩한 곳에서 전화를 한다고 상황이 호전되리라고는 여겨지지 않았다.

그 뒤로 마호는 술자리를 건성으로 보내고 달리듯 집으로 돌아와 다이치에게 전화를 걸었다.

하지만 몇 번이나 전화를 걸어도 신호음만 들릴 뿐 다이치는 전화를 받지 않았다.

'평소라면 아직 깨어 있을 시간인데…….'

시계를 보니 자정이 되기 직전이었다.

떨어진 거리를 오늘처럼 답답하게 여겨진 적은 처음이었다.

세 번이나 걸었지만 연결되지 않는 전화를 포기하고 휴대폰을 내려놓았다.

……목욕이라도 하자.

따뜻한 물로 씻고 개운해지면 침울한 기분도 조금은 가벼워질지 몰랐다.

마음은 그랬지만 향이 좋은 배스오일을 욕조에 넣어도, 좋아하는 바디소프를 써도 전혀 기분이 나아지지 않았다.

게다가 안 좋은 일은 겹치기 마련이었다.

욕실을 나와 젖은 머리에 수건을 두른 채 제일 먼저 휴대폰을 확인했다.

그랬더니 15분 전에 다이치에게서 온 전화 기록이 남아 있었다. 메신저에도 메시지가 남아 있었다.

'아까는 전화 못 받아서 미안해. 목욕 중이었어. 오늘은 이만 잘게, 잘 자.'

"말, 말도 안 돼……."

마호는 애처롭게 중얼거렸다.

완전히 엇갈려버린 모양이었다.

'오늘 일, 제대로 설명하지 못하고 넘어가게 됐어……'

직접 얼굴을 마주 보지는 못하더라도 하다못해 목소리는 들으면서 이야기하고 싶었다.

15분 전이면 아직 다이치도 깨어 있지 않을까.

그런 생각이 들었지만 다이치에게 온 전화를 받지 못한 건 자신의 책임이었다. 더군다나 애초에 이런 불편한 상황은 마호가 다이치에게 제대로 메시지를 보내지 않은 게 원인이었다.

'안 돼, 마호. ……오늘은 참아.'

혹시 잠들었다면 내일도 바빠서 피곤할 사람을 깨우게 된다.

그렇지 않아도 항상 늦게까지 일하는 사람인데 일찍 퇴근한 날이라도 느긋하게 잤으면 했다.

당장이라도 전화를 걸고 싶은 기분을 누르고 휴대폰에 답장을 썼다.

'응, 내일 통화해. 잘 자.'

마음과 손끝의 움직임이 따로 놀아 가슴속에 응어리가 남고 말았다.

'내일 제대로 설명하면 되니까.'

무슨 말을 해도 오늘 일어난 일은 변하지 않는다.

마호는 그렇게 생각하기로 결심한 뒤 파자마를 입고 침대로 파고들었다.

생각해도 뾰족한 수가 없을 때는 잠을 자는 수밖에 없었다.

일주일이 지난 지금 사태는 더욱 악화됐다.

'……역시 연락이 안 와.'

금요일, 직원 식당에서 도시락을 열며 마호는 크게 한숨을 쉬었다.

'벌써 꽤 오랫동안 다이치의 목소리를 못 들었어.'

저번 주 술자리 이후로 다이치와 연락이 잘 되지 않았다.

다이치도 일이 바쁜지 저번 주부터 거의 매일 심야에 귀가하고 있었다.

주말에도 출근하는 모양이라 결국 전화는 그날 이후로 한 번도 하지 못했다.

메신저로 보낸 메시지도 한참 시간이 지나서 읽음 표시가 뜰 뿐이었다.

'밥은 잘 먹고 다녀? 쉴 틈 있을 때 푹 쉬어.'

목소리를 듣지 못한다면 최소한 문자로라도 대화를 나누고 싶은 마음에 메시지를 보내도, 최근 며칠은 마호가 잠든 심야 시간에 간단한 답장을 보낼 뿐이었다.

'고마워. 그래도 지금은 열심히 일해야 할 시기니까.'

마호는 아침이 되어서야 그 답장을 보기에 목소리를 듣기는 커녕 제대로 된 대화조차 나누지 못하고 있었다.

……설마 다이치, 역시나 저번 술자리를 오해하고 있는 건가……?

문득 그런 생각이 스쳐 지나갔다.

돌이켜 생각해보면 오해해도 당연한 상황이었다.

마호가 실수로 메시지를 보내지 않는 바람에 다이치에게는 비밀로 하고 늦게까지 밖에서 시간을 보낸 셈이었다. 설상가상 '미유키랑 술 마시러 왔어'라고 말해놓고 시로타가 자신의 이름을 부르는 소리까지 들려줬다.

상황만 보자면 마치 다른 남자를 만나고 있는데 미유키를 만난다고 거짓말한 모양새였다.

"왜 그래, 마호? 한숨 한번 요란하네."

맞은편에서 점심 정식을 먹고 있던 미유키가 말했다.

"요즘에 왜 이렇게 기운이 없어? 몸 안 좋아?"

마호는 밥 먹기를 중단하고 포크를 내려놨다.

솔직히 미유키의 말대로 몸 상태가 좋지 않았다.

어쩌면 다이치가 오해를 했을지도 모른다는 생각에 밥이 목으로 넘어가지도 않았고 밤에 잠도 잘 오지 않았다.

마호는 무심코 오늘도 울리지 않는 휴대폰을 원망스러운 눈으로 바라봤다.

'오해했다면 그냥 날 추궁하면 될 텐데.'

아무 말도 하지 않으니 무슨 생각인지 알지 못할 노릇이었다.

의심할 만한 구실이 있는데도 의심을 풀려는 시도도 안 한다니, 설마 다이치는 이미 나에게 관심이 없어진 걸까.

거기까지 생각한 마호는 홀로 지쳤다.

"괜찮아."

마호가 힘겹게 밝은 목소리로 미유키에게 답했다.

"조금 지나면 나아질 거야."

"아아, 다이치 온다고 했었지?"

놀리듯 보는 미유키에게 마호는 헤헤 웃으며 부끄러워했다.

맞아, 이런 생각을 하는 것도 앞으로 일주일이면 끝이었다.

어쨌든 다음 주말이면 도쿄로 올라온 다이치와 같이 라이브를 보러 갈 거니까.

'다이치한테 밝은 얼굴을 보이려면 건강해야지.'

마호는 생각을 고치고 포크를 다시 들었다.

그때 테이블 위에 휴대폰이 메시지가 왔다며 진동했다.

"다이치다."

호랑이도 제 말 하면 온다더니.

들었던 포크를 놓고 메신저를 열었다. 표시된 메시지는 극히 짧은 한 문장이었다.

'미안. 다음 주에 일 때문에 못 가게 됐어.'

기분이 쑤욱 가라앉았다.

"다이치가 뭐래?"

안색이 변한 마호를 봤는지 걱정스러운 투로 마호가 물었다.

"……다음 주에 일 때문에 못 온대."

"어? 다음 주면 라이브 있잖아? 다이치랑 같이 간다고 했던."

"응…….."

눈썹 끝이 잔뜩 쳐진 마호가 휴대폰을 내려놨다.

점심시간에 연락했다는 건, 가지 못하게 됐다는 상황을 알자마자 바로 마호에게 전하려 했다는 뜻이었다. 간결한 문장만 봐도 알 수 있었다.

하지만 동시에, 무성의한 문장은 역시 술자리 때문에 오해하고 있나 싶은 생각이 들기에 충분했다.

……왜? 무슨 일 생겼어?

그렇게 답장을 보내기는 쉬웠다. 그렇지만 정말로 일이 바쁜 거라면 자신의 걱정이 오히려 부담될지도 모른다. 게다가.

……정말로 못 와?

이런 말을 할 수 있을 리 없었다.

망설인 끝에 마호는 짧은 문장으로 답했다.

'알았어. 일 열심히 해.'

'착한 척이라니…….'

송신 버튼을 누른 다음 뭐라 표현할 수 없는 기분이 들었다.

주말을 앞둔 금요일 오후였다. 어딘가 들뜬 회사 분위기에도 섞이지 못한 채 마호는 홀로 묵묵히 일했다.

그날 밤 오랜만에 다이치의 목소리를 들었다.

자정이 지나기 조금 전 다이치가 밖에서 전화를 걸었다. 아직 일이 남았다고 했다.

"……미안해, 다음 주에 라이브 못 가서."

"아니야."

마호는 자기 방 침대에 앉아 휴대폰을 귀에 댔다.

"일 때문이잖아, 어쩔 수 없지. 미유키가 같이 가준다고 했어."

"응……, 미유키한테 안부 전해줘."

다이치의 목소리는 역시나 지친 듯 들렸다.

"……저기, 다이치."

"응?"

"일이 그렇게 바빠?"

점심때부터 줄곧 생각했던 탓에 마음이 약해져 있었는지도 모른다. 하면 안 된다고 생각했던 말을 이 타이밍에 하고 말았다.

"마호……, 왜 그래?"

평소와 다른 분위기를 느꼈는지 전화 너머의 다이치가 의아해했다.

"……왜 그러긴 뭘 아무것도 아니야."

탓하는 어조가 되는 걸 막을 길이 없었다.

"다음 주는 못 온다고 하지, 저번 주는 토요일까지 일했다고 하지, 요즘은 퇴근도 늦고 전화도 제대로 못 하고……."

한번 말로 내뱉은 마음은 댐이 무너지듯 터져나왔다. 이런 식으로 말하면 늘 불만을 품어온 것처럼 보일 테지만.

"어쩔 수 없잖아, 일이니까."

아니나 다를까 전화기 너머에 있는 다이치가 곤란하다는 양 말했다.

"그렇긴 하지만…… 걱정된단 말이야."

"안다니까."

희미하게 짜증이 섞인 다이치의 말투에 결국 마음이 상한 마호가 말했다.

"그게 아니면 저번에 말 안 하고 술 마시러 가서 화났어?"

"뭐?"

"들었지? 남자하고 같이 있었던 거. 미유키한테 물어보면 알겠지만 그날 별로 미심쩍을 만한 일 없었어."

"분명 남자 목소리가 들리긴 했지만."

다이치는 부루퉁한 말투로 말했다.

"다음 주에 못 간다고 한 건 그거 때문이 아니야. 정말로 일 때문이야. 게다가……."

"게다가…… 뭐."

말하길 망설이는 다이치를 추궁하는 말투가 됐다.

'아니야……, 이런 말을 하려던 게 아닌데.'

마호도 직장인 4년차였다. 회사 일을 이해 못 할 리 없었다.

하지만 일 때문이라면 말하길 망설일 이유가 없었다. 역시 다이치가 자신을 의심하고 있다는 생각이 들자 스스로 감정을 컨트롤할 수 없게 됐다.

"하고 싶은 말이 있으면 해. 안 그러면 나도 하고 싶은 말을 못 하잖아!"

깨달았을 때는 이미 감정에 휩쓸려 말을 뱉고 있었다.

그러자 전화기 너머에 있는 다이치가 돌변해 냉담한 투로 답했다.

"마호……, 나한테 하고 싶은 말 있어?"

'……하고 싶은 말을 할 수 있을 리가 없잖아…….'

휴대폰을 한 손에 쥔 채 마호는 앞머리를 쓸어 쥐었다.

……목소리 듣고 싶어.

……보고 싶어.

……다이치가 없어서 외로워.

이룰 수 없는 소망을 이 상황에서 말할 수 없었다.

"……마호?"

입을 다물어버린 마호를 이상하다 여겼는지 다이치가 살피는 기색으로 말했다.

뭔가 말하고 싶었지만 말이 잘 나오지 않았다. 말로 표현할 수 없는 기분이 마음속에서 소용돌이치고 있었다.

그래도 전화로는 표정이나 태도를 전하지 못했다. 말로 마음을 표현할 수밖에 없었다.

그런데도.

"……별로 하고 싶은 말이 있는 건…… 아니야."

입술 사이로 흘러나온 말은 가슴속에 있는 진심과는 전혀 다른 말이었다.

"……그래?"

차분해진 다이치의 목소리가 왠지 아주 멀게 느껴졌다.

"내가 마호한테 하고 싶은 말도 전화로 할 만한 말이 아니니까."

"응?"

"다시, 만나면 얘기할게. 아직 일이 남아서 오늘은 이만 끊는다."

낮은 목소리로 잘 자라고 말한 다이치가 전화를 뚝 끊었다.

"방금……."

마호는 휴대폰을 든 채 망연해졌다.

……전화로 할 만한 말이 아니니까.

직접 얼굴을 보고 하지 않으면 안 될 이야기가 뭘까.

마호는 떠오른 생각에 고개를 휘저었다.

'안 돼, 이런 밤중에 혼자 생각에 빠지면…….'

서둘러 머리까지 이불을 눌러 쓰고 눈을 감았다. 그러지 않으면 나쁜 생각에 빨려들 것만 같았다.

설마…….

다이치가 하려는 말은 헤어지자는 말이 아닐까.

공연 당일 토요일은 날이 화창해서 십이월치고는 따뜻했다.

라이브 공연이 끝나고 저녁이 돼서도 아직 오후 햇살의 여운이 남아 있었다.

"아아, 재미있었다아!"

라이브 공연장에서 돌아오는 길, 마호의 옆을 걷던 미유키가 만족스럽게 말했다.

"응, 엄청 좋았어."

마호도 전리품인 공연 굿즈를 넣은 비닐봉지를 흐뭇하게 들여다봤다.

공연에 오지 못한 다이치를 위해서 대학 때 받았던 키홀더와 비슷한 키홀더를 샀다. 다이치가 받아서 들고 다녀준다면 커플 키홀더가 된다.

"그래도 아쉽네. 원래는 다이치가 같이 왔을 텐데."

"할 수 없지, 일 때문이잖아. 오히려 고마워, 같이 와줘서."

미유키가 아니라며 고개를 젓고 마호의 어깨를 툭툭 쳤다.

"왜?"

"다이치가 올라오면 어떻게든 되겠지 했는데……. 역시 요즘 마호 이상해."

미유키가 미간을 찌푸렸다. 미유키에게는 기운이 없는 사람을 바로 알아채는 능력이 있었다.

"……미안, 걱정시켜서."

"그건 괜찮은데 무슨 일 있어?"

"응……. 사실은……."

역까지 걸어가며 마호는 지금까지 일어난 일을 설명했다.

"아아……. 미안해, 나 때문에."

미유키가 손으로 입가를 가리고 탄식했다.

"내가 다이치한테 사정을 설명할까? 내가 와달라고 부탁했다고."

"아냐, 그건 괜찮아. 단지……."

분명 서로를 믿고 있었다.

하지만 이번 일로 어쩌면 진심을 터놓지 않았을지도 모른다는 사실을 깨달았다.

얼굴을 보고 말하고 싶어.

하지만 떨어진 거리가 먼 탓에 오히려 보고 싶다는 말을 하지 못했다.

이대로 상황이 계속되면 좋지 않다는 사실은 알았다. 하지지만 어찌해야 좋을지 모르겠다.

"……그렇구나."

조용히 듣고 있던 미유키가 작게 웃었다.

"그걸 다이치한테 말해. 마호 귀엽네."

"하…… 하지만!"

마호가 미유키 쪽으로 몸을 돌렸다.

"만나고 싶다고 만나러 갈 수 있는 거리가 아니잖아. 그런데 보고 싶다고 하면 부담스럽지 않아?"

"그래?"

미유키는 턱에 손가락을 대고 생각하듯 하늘을 올려봤다.

"애인 사이에 보고 싶지 않은 쪽이 문제 아닌가?"

"아……!"

우중충한 생각으로 가득 찼던 풍선이 펑 터진 듯했다.

"그렇구나……."

멍하니 있는 마호를 보고 미유키가 어깨를 들썩였다.

"내가 다이치였으면 마호가 날 보고 싶어해주는 쪽이 기쁠 걸."

"……진짜로?"

"진짜지. 좋아하는 사람이잖아? 보고 싶어해준다니 기쁘기만 한걸. 만나고 싶을 때 만날 수 있으면 더 기쁘고."

"그……런가."

"그래."

자신만만하게 고개를 끄덕이는 미유키를 보며 마호는 다이치와 했던 전화를 떠올렸다.

그러고 보니 다이치도 마호에게 하고 싶은 말이 있냐고 물었었다.

다이치도 마호의 진심을 듣고 싶었는지도 모른다.

'그런데도 난……'

다이치가 걱정하지 않도록 착한 아이 같은 대답만 했다.

하지만 진심은 달랐다.

목소리가 듣고 싶어.

얼굴을 보고 이야기하고 싶어.

닿고 싶어.

안아줬으면 좋겠어.

다이치를…… 만나고 싶어.

못 본 척했던 진심이 몸에서 끊임없이 흘러넘치는 느낌이었다.

마호는 자기도 모르게 휴우, 크게 심호흡했다.

그러자 미유키가 "아아, 좋겠다!" 하고 유쾌하게 하늘을 올려다봤다.

"안 좋아, 난 잔뜩 고민 중인데……."

"어쨌든, 어긋나든 싸우든 상대가 있어야 하잖아. 진심을 전하고 싶은 상대가 있다니 행복하겠다. 아아, 나도 연애하고 싶어!"

겨울 밤하늘에 미유키의 밝은 목소리가 울려 퍼졌다.

마호는 정신이 번쩍 드는 기분이었다.

자신은 다른 누구도 아닌 다이치와 연애를 하고 있었다.

그런 다이치에게 진심을 전하지 못하면 어찌겠다는 걸까.

진심을 전하고 싶다는 마음이 강렬해졌다.

진심은 마음을 향해 던지지 않으면 상대에게 닿지도 않고 상대가 받아주지도 않는다.

점점 거리를 좁혀 마지막에는 직접.

좋아한다고.

솔직한 마음을 건네고 싶어.

이후로 마호가 취한 행동은 빨랐다.

다이치의 '일 때문'이라는 말을 믿는다면 다이치는 오늘 밤 나가노에 있는 자택으로 돌아올 터였다.

나가노로 가는 열차 시각을 찾아보니 아슬아슬 마지막 신칸센을 탈 수 있을락 말락 한 시간이었다.

마호는 미유키와 헤어진 뒤 집까지 뛰어 돌아갔다.

작은 보스턴백을 꺼내 세면도구와 갈아입을 옷을 밀어 넣고 황급히 집을 나가려고 펌프스에 발을 집어넣었다.

'가스는 잠갔고. 월요일에 나가노에서 바로 출근하면 되니까……'

기분 내키는 대로 행동하는 건 처음이었다.

생각해보면 장거리 연애를 하게 되고 다이치의 본가가 도쿄에 있다는 이유로 다이치가 도쿄에 올라와 주었을 때만 서로 만나고 있었다.

마호는 현관 앞에 서서 가방을 뒤졌다.

그런데 초조한 탓인지 집 열쇠가 보이지 않았다.

'빨리 가지 않으면 막차가……'

손목시계를 보니 이미 역에 도착하지 않으면 신칸센을 탈 수 없는 시각이었다.

……타이밍이 안 좋았지. 지금은 서로 인연이 아니었다고 생각해.

문득 스쳐가는 시로타의 말에 마호는 입술을 꾹 깨물었다.

……안 돼.

소중한 사람과 거리가 멀어졌다는 이유만으로 인연이 아니라고 생각하고 싶지 않았다.

걱정시키기 싫어서 '보고 싶다'고 말할 수 없었다.

그러면서 정작 자신은 걱정 끼치고 싶지 않다는 다이치를 걱정했다.

분명 서로 같은 마음이었다.

널 좋아하니까.

손목시계의 초침이 열쇠를 찾는 마호를 재촉했다.

점점 물기가 번져 시야가 흐려졌다.

결심이 너무 늦은 걸까?

기다리지만 말고 스스로 만나러 가자고 결심했는데.

마호는 짧게 숨을 뱉고 손바닥으로 눈가를 꾹 훔쳤다.

막차 시각을 맞추지 못한다면 택시를 타고 만나러 가면 된다. 온밤이 걸리더라도 상관없어, 방법은 아직 남았다. 지금 당장 좋아한다는 마음을 전하러 가고 싶었다.

가방 속을 더듬던 손끝에 열쇠 끄트머리가 탁 닿았다.

서둘러 열쇠를 끄집어내자 다이치에게 받은 키홀더의 링이 반짝거리며 흔들렸다.

……나와 소중한 사람을 연결해주는 고리.

그때 갑자기 누군가가 마호의 이름을 불렀다.

"……마호?"

너무 보고 싶어서…….

환영이 보이나 했다.

집 앞 아파트 복도 끝, 마호의 떨리는 시야에 비치는 것은 멍하니 서 있는 자신의 연인이었다.

"……다이치……?"

목소리가 떨렸다.

부드럽게 표정을 푼 다이치가 이쪽을 향해 걸어왔다.

터무니없이 멀다고 여겨졌던 그와의 거리가.

앞으로 10미터.

앞으로 5미터.

손이 닿는 거리까지 천천히 다가왔다.

마호는 망설이지 않고 그의 팔로 뛰어들었다.

마호를 단단히 받아낸 다이치가 마호의 관자놀이에 코끝을 묻고 말했다.

"다녀왔어."

다정한 목소리가 마호의 귀를 간질였다.

"어…… 어떻게."

목소리에 속절없이 물기가 어렸다.

"어떻게 다이치가 여기 있어……."

당장은 믿을 수가 없었다.

현실에서 일어난 일이라는 것을 확인하듯이 정신없이 그의 목에 매달렸다.

"무리라고 생각했는데 단단히 마음먹고 하니까 일이 끝나버려서. 퇴근길에 시각표 찾아봤더니 마침 도쿄행 신칸센이 있길래…… 정신을 차리고 보니 열차에 뛰어올랐더라고."

마호가 보고 싶어서.

마호를 끌어안은 팔에 힘이 들어갔다.

……이런 거 치사해.

다리가 풀릴 뻔한 마호를 다이치가 팔로 강하게 지탱했다.

"다이치는 치사해……."

"응? 뭐가?"

"내가 줄곧 하고 싶었던 말을 이렇게 쉽게 해버리다니……."

다이치의 얼굴을 볼 수 없어 마호는 다이치의 판판한 가슴에 이마를 눌렀다. 다이치가 큭큭거리며 웃는 것이 맞닿은 몸으로 직접 전해졌다.

"계속하고 싶었던 말이 있었구나."

"……응."

"마호도 내가 만나고 싶었구나."

"……응."

"……나도 보고 싶었어."

마호는 울음을 참으려고 크게 숨을 내쉬었다.

투명하고 깨끗한 쪽빛 겨울의 공기와 다이치의 따뜻한 살내음으로 가슴이 충만해졌다.

마호는 다이치를 마주 보고 그의 가슴에 손을 가만히 올렸다.

"나…… 계속 외로웠어."

"응."

"계속 다이치를 보고 싶었어."

"응."

"근데 걱정할까 봐 말 못 했어. 자주 전화 못 하는 것도 집에 늦게 돌아오는 것도 이제 나랑 이야기하고 싶지 않아서, 나랑 만나고 싶지 않아서인가 하는 생각이 들어서 무서웠어."

"……응."

다이치가 한 팔로 마호를 안은 채 다른 한 손으로 마호의 이마에 흘러내린 머리카락을 넘겼다. 머리카락을 마호의 귀에 걸고 커다란 손바닥으로 귓가를 덮었다.

그 몸짓이 마치 귀한 물건을 다루듯 부드러웠다.

"……정말 좋아해."

알아차렸을 때는 이미 진심이 불쑥 흘러나왔다.

"나 말이야, 다이치가 좋아. 사실은 계속 같이 있고 싶어……."

입술 사이로 말이 흘러나오는 사이에 눈물도 흘러내렸다.

진심을 감추려다가 자신의 감정에까지 뚜껑을 덮어버렸다. 자신이 이렇게나 다이치를 보고 싶어했다는 사실을 실감했다.

다이치가 울고 있는 마호를 살포시 끌어안았다. 넓은 가슴에 몸을 기대게 하고 톡톡 등을 두드리며 "괜찮아, 괜찮아"라며 달랬다.

"……나도 전근이 정해졌을 때 사실은 같이 가자고 하고 싶었어."

처음 듣는 다이치의 진심이었다.

"하지만 마호가 일에 열중한다는 걸 알고 있었고…… 나 스스로 자신이 없었어. 따라오라고 해놓고 행복하게 해줄 자신이 없었거든."

"다이치……."

"그래서 이쪽에 돌아올 쯤에는 제대로 된 한 사람 몫을 훌륭히 해내도록 나도 열심히 했는데. 그것 때문에 자주 연락할 수 없게 돼서."

오히려 외롭게 만들었구나, 미안. 다이치는 마호를 살짝 몸에서 떨어트리고 가만히 마호의 눈을 바라봤다.

"나…… 싫어지지 않았어……?"

"안 싫어해, 왜 싫어해."

"다이치한테 말 안 하고 술자리 나갔잖아……."

"아아, 그건……. 미안, 어른스럽지 못하게 삐졌어."

"뭐……?"

다이치가 창피하다는 양 얼굴을 찡그리고 표정을 숨기듯 마호의 이마에 자신의 이마를 맞댔다.

"그게, 나도 마호랑 만나고 싶은데. 일 끝나면 같이 술 마시러 가고 싶은데. 그런데 도쿄에 있다는 이유만으로 다른 남자가 그러잖아. 생각했더니 억울해서."

다이치가 다시금 호흡이 멈출 정도로 세게 마호를 끌어안았다.

"질투라니 애 같다는 생각이 들어서 가능하면 마호한테 들키고 싶지 않았는데. 아까 미유키한테 연락도 왔고 마호를 의심하지 않아. 그래도 다른 남자들한테 내가 좋아하는 사람에게 친한 척하지 말라고 광고하고 다니고 싶어."

"다이치……, 좀……."

숨쉬기가 힘들어진 마호가 바둥거렸다.

힘이 빠진 품 안에서 마호가 다이치를 올려다봤다.

"그럼, 나…… 계속 다이치 좋아해도 돼?"

"당연하지."

"나도 보고 싶어해도 돼……?"

"당연하지. 만나지 못해도 만나고 싶어한다는 마음 정도는 알고 싶으니까 '보고 싶다'고 말해도 돼."

"나도 보고 싶으니까" 하고 다이치는 쑥스러운 듯 덧붙였다.

말로 한다는 건 생각보다 중요한지도 모른다……. 마호는 이번에 그 사실을 절실히 깨달았다. 다이치의 말이 묵직하게 마음으로 들어왔다.

"그렇지만 떨어져 있던 시간이 있어서 비로소 알게 된 것도 있어."

다이치의 눈이 웃는 것처럼 휘었다.

"나가노에 있는 동안,

재미있는 책을 읽었을 때 '이 책 재미있네',

슬픈 영화를 봤을 때 '이 영화 슬프네',

괜찮은 소품숍을 찾았을 때 '여기 괜찮네',

맛있는 식당을 찾았을 때 '이 식당 맛있네',

좋은 걸 찾을 때마다 마호의 얼굴을 떠올리게 됐어.

'다음에는 둘이 가자'고 생각하게 됐어."

마호는 다이치와 걸었던, 그가 사는 동네를 떠올렸다.

그곳을 걸으며 책방에서, 영화관에서, 소품숍에서, 식당에서…… 다이치가 나를 떠올려주었을까.

……다이치도 나처럼?

다이치가 마호의 어깨에 두 손을 올렸다.

마호의 눈을 힘차게 바라보며 그가 말했다.

"지금까지는 마호를 지킬 수 있게 될 때까지 말 못 하겠다고 생각했는데, 어쩌면 당당하게 지킬 자신 있다고 앞으로도 쭉 말 못 할지도 모르잖아. 마호를 행복하게 해주려면 언제나 더 높은 곳을 목표로 해야 하니까."

다이치가 주머니에 손을 넣어 작은 감색 상자를 꺼냈다.

"'내가 행복하게 해주겠다'고 말할 수 있는 날이 평생 안 올지도 몰라. 그러니까……."

다이치는 마호의 눈앞에서 작은 상자를 열어 보였다.

그 안에는 두 사람을 연결하는 은색의 작은 고리가 있었다.

"아직은 '내 옆에서 네가 행복해졌으면 해' 정도가 딱 적당할지도 몰라. ……마호."

다이치가 마호의 왼손을 잡아 약속의 증표를 끼웠다.

"나랑 평생 함께해주세요."

울음이 터질 듯 뜨거워진 마음으로 마호는 반짝반짝 빛나는 링이 끼워진 약지를 바라봤다.

반지가 끼워진 손 너머로 소중한 사람이 다정하게 웃고 있었다.

마호는 다이치에게 대답하기 위해 입술을 뗐다.

"……네."

목소리 들을 수 있어서 좋다고 말할게.

볼 수 있어서 행복하다고 꼭 말할게.

날 좋아해줘서 고맙다고, 앞으로도 꼭 말할게.

한 번이라도 만날 수 있으면 좋겠다는 생각은,

실제로 만나는 순간 돌변하니 주의가 필요했다.

연말에 함께 가려고 했던 라이브 공연 날.

오랜만에 그녀를 만난 난 예상했던 대로 한 번의 만남으로는 부족해졌다.

프러포즈를 받아준 그녀와 서둘러 앞으로의 계획을 짰다.

그리고 다음 해, 새해 첫 참배를 한 뒤 하기로 한 상견례가 벌써 오늘이었다.

행복은 저절로 찾아오지 않는다고들 한다.

하지만 그날 그 약속 장소에서 너무나 당연하게 행복이 나에게 걸어왔다.

새해 복 많이 받아, 하고 새해 인사를 하며 마주 웃었다.

사랑스러운 사람이 웃어주길 바라며 "만나면 하려고 새해 첫 미소를 아껴놨어"라고 말하자 그녀가 새해 첫 울음을 보이고 말았다.

잠깐은 떨어져서 살게 될 터였다.

하지만 아무리 둘 사이의 거리가 멀어도 이제는 서로 간의 약속이 있으니 괜찮았다.

외로울 때, 불안할 때, 약지에서 빛나는 약속의 증표가 분명 그녀를 지탱해주리라.

"있잖아."

"응?"

"새해 첫 소원 뭐라고 빌까?"

"음……."

그녀는 곧장 쏟아질 듯한 미소를 내게 향했다.

"내년 새해 첫날도 함께 있을 수 있게 해주세요!"

그녀의 소원이 내가 생각하고 있던 소원과 완전히 똑같아서…….

그만 소리 높여 웃고 말았다.

행복과 기쁨은 서로 나눌 사람이 있으면 더 늘어난다고 한다.

좋은 일이 생기면 제일 먼저 너에게 전할 거야.

그러니까 앞으로도 쭉 잘 부탁해.

제3화

베이비
핑크

줄곧 당신을 동경했다.
당신처럼 되고 싶어서 노력했다.

하지만 내가 아닌 누군가가 될 필요 따위 없었던 거야.
내 다리로 한 발 한 발 내 길을 걸을 테니까,
언젠가 내가 가려는 곳에 도달하리라고,
내게 알려준 사람은 당신이었어.

다른 누군가의 인생을 따라 걸을 수는 없지만,
누군가와 인생을 함께 걸을 수는 있으니까……

당신과 함께 걸어온 길은 어떤 길이라도 모두 좋은 길이었어.

당신이 옆에 있어 줘서 처음 걷는 길도 앞으로
기쁘고 즐거운 일이 가득하리라고
믿고 걸을 수 있어.

맑고 화창한 일요일.

현관문을 여니 봄바람이 흙 내음을 담고 날아왔다.

'맑아서 다행이다. 오늘은…….'

가벼운 발걸음으로 현관을 나서자 새로 산 스커트의 치맛자락이 팔랑였다. 길가로 나와 옆집 대문을 열고 현관 계단을 올랐다.

"안녕하세요."

현관문을 열자 거실에서 슈지의 어머니가 얼굴을 내밀었다.

"어머, 리코야. 어서 오렴. 슈지는 위에 있단다."

웃으며 위층을 가리키는 슈지의 어머니를 향해 리코도 얼굴에 한가득 미소를 짓고 대답했다.

"감사합니다!"

리코가 들어온 집은 20년이나 이웃으로 지내며 뭐든 속속들이 알고 있는 이치하라 가족의 집이었다.

총총 계단을 올라 복도 끄트머리에 있는 슈지의 방문을 열었다.

"슈지 오빠!"

"……늦었어."

책상에 앉아 컴퓨터를 하고 있던 슈지가 뒤를 돌아보며 말했다.

"준비하는 데 몇 시간이나 걸리는 거야."

시원하고 반듯한 이목구비에 언짢음이 깃들자 다가가기 힘든 분위기를 풍겼다.

하지만 태어났을 때부터 옆에서 함께 자란 리코는 그런 분위기에 기죽지 않았다.

"그게, 오랜만에 오빠랑 외출하니까 꾸미고 싶어져서."

"그냥 평소대로 가도 상관없잖아."

쌀쌀맞게 대꾸한 슈지는 기다리라고 말하고 뒤를 돌았다. 그가 끄려는 컴퓨터 화면에는 아담한 다이닝바의 홈페이지가 띄워져 있었다.

"앗! 오늘 밤 여기 데려가 줄 거야?"

리코가 들뜬 목소리로 묻자 슈지가 그럴 리 없잖아, 하고 랩톱을 닫았다.

"늦게까지 안 들어가면 아버지랑 어머니가 걱정하시잖아."

"괜찮아, 오늘 오빠랑 같이 간다고 했으니까. 아빠랑 엄마도 오빠랑 같이 가면 안심이라고 했어."

"그래도 안 돼."

단호한 부정에 리코는 할 말을 잃었다.

"……그, 그럼 왜 이런 걸 알아보는데."

"결혼식 뒤풀이 장소 찾는 중이야."

"결혼식? 누구?"

"회사 동기."

"아아!"

리코가 짝 손뼉을 쳤다.

"저번에 말했던 사람?"

그래, 하고 고개를 끄덕이는 슈지를 보며 리코는 저번 주에 있었던 일을 떠올렸다.

열흘 전 "책장 살 건데 같이 가줘"라며 슈지에게 부탁했던 날이었다.

주말에 시간이 되냐고 묻는 리코에게 "이번 주는 안 돼"라고 했었다.

"토요일에는 일 관련 일정이 있어. 일요일은 나가노에서 올라오는 회사 동기랑 약속."

"흠, 동기라. 친해?"

"그럴걸. 결혼 소식 알리러 오는 거니까."

"결혼?! 우와! 오빠 친구 중에서는 빠른 편 아니야?"

"그렇지. 그래도 스물여섯이나 됐으면 진지하게 생각해도 될 시기잖아."

슈지가 당연하다는 듯이 차분히 말했다.

결혼한다는 동료와 마찬가지로 슈지도 벌써 스물여섯이었다.

사회인으로서도 왕성하게 활동할 시기였다. 무역 상사에서 일하는 슈지의 방에는 경영과 회계에 관한 책이 확 늘었다.

회사, 결혼, 장래. 여섯 살 연상인 슈지가 꺼내는 화제는 늘 리코의 손이 닿지 않을 만큼 어른스럽게 들렸다.

"야."

머리를 콩 가볍게 맞은 리코가 "앗" 하고 어깨를 움츠렸다.

"무슨 생각해. 안 가?"

"응……. 가, 간다고."

멍하니 있었던 모양이었다.

리코는 봄 코트를 들고 방을 나서는 슈지를 서둘러 따라갔다.

"좋겠다, 결혼식. 나도 가고 싶다."

"뭐 하러."

"웨딩드레스 예쁘잖아."

"부러워?"

"아…… 아니야!"

슈지의 비웃음에 리코는 뚱한 표정을 지었다.

"……언젠가 꼭 입을 거야."

"네가?"

슈지는 자못 의외라는 듯한 눈을 크게 떴다.

"왜, 웃겨?"

"아직 애잖아."

"아, 오빠!"

……역시 놀리기만 하고.

리코가 입술을 삐쭉거리며 슈지에게 대꾸했다.

"나도 이제 스물한 살이거든. 충분히 어른이야."

"오호라, 미래를 생각할 나이라 이거지. 그럼 당연히 진로도 정했겠네."

"엉?"

허를 찌르는 말에 리코의 말문이 막히자 "거봐"라며 쿡쿡 웃는다.

"그…… 그건, 아직 안 정했지만!"

휘둘리는 게 분해서 리코는 슈지의 시선을 피해 턱을 모로 틀었다.

"놀리기만 하다가 후회해도 소용없어. 나, 일도 엄청 잘하고 진짜 예뻐질 예정이니까."

"하, 그거 참 기대되네."

슈지가 우습다는 듯 어깨를 들썩이고 손바닥으로 리코의 머리를 톡톡 두드렸다.

"그렇게 되면 데리고 가줄게."

"슈지 오빠……."

눈가를 좁히며 부드럽게 웃음 짓는 슈지를 보고 리코의 볼에 열기가 몰렸다.

'그러지 마, 오빠. 밀어내려면 제대로 밀어내야지.'

자신의 손이 닿을 리도 없는 슈지는 늘 이렇게 자신이 어리광 부리도록 틈을 준다.

그래서 리코도 몇 년이 지나도록 포기하지 못한 채 그의 뒤를 계속 좇을 뿐이었다.

'……이씨, 오늘도 결국 오빠 페이스에 말려들었어!'

퍼뜩 정신을 차리고 보니 슈지는 이미 리코에게 등을 돌리고 차 키를 손에 들고 있었다.

"차로 갈까? 역에서 조금 머니까."

"어?"

리코는 놀라서 눈이 동그래졌다.

가고 싶었던 가게의 이름은 아직 말하지 않았을 터였다.

"어떻게 목적지를……."

"저번에 방송 볼 때 가구 편집숍 보면서 '가고 싶다'고 했잖아. 거기 가는 줄 알았는데 아니야?"

"으……응, 거기! 거기 가고 싶어!"

기분이 상했던 자신을 까맣게 잊어버렸다.

'이러니저러니 해도 역시 날 신경 써주는 걸까.'

스스로도 잊을 뻔한 일을 기억해줘서 기뻤다.

들뜬 기분을 내리누르고 있자 슈지가 또 놀리는 투로 말했다.

"어차피 마음에 드는 책장 발견하면 '오늘 가지고 가서 방에 놓고 싶다'고 할 거지?"

"으……. 왜 그런 걸 아는 거야."

"그냥, 언제나 그러잖아. 가게 앞에서 떼라도 쓰면 꼴사나우니까."

"너, 너무해……!"

항의하는 말에도 냉정하게 뒤를 도는 모습에 리코는 어쩔 수 없이 뒤를 쫓았다.

'걸핏하면 애 취급한다니까.'

……저 뒤를 따라가겠다고 이쪽이 얼마나 노력하는데.

하지만 이런 생각은 실수로라도 말할 수 없었다.

'분명 슈지 오빠는 날 동생 정도로밖에 여기지 않을 테니까.'

터벅터벅 밖으로 나간 슈지를 따라 차의 조수석에 올라탔다.

사실을 말하자면 지금 리코가 다니고 있는 대학은 슈지의 모교이기도 했다. 원래는 고등학교 성적이 중위권이었던 리코에게 경험 삼아 지원해야 할 수준의 대학이었다. 하지만 진로를 선택하라고 재촉받던 고등학교 2학년 겨울, 대학 진학을 단념하고 있던 리코에게 슈지가 말했다.

"합격하냐 안 하냐가 중요한 게 아니잖아. 넌 어떻게 하고 싶은데."

……슈지 오빠가 가는 길을 따라가고 싶어.

대학에 가야겠다는 생각이 분명해진 것은 그때가 처음일지도 모른다.

노력한 보람이 있어 간신히 슈지와 같은 대학에 합격하고서도 이번에는 사회인이 된 슈지를 뒤쫓기 위해 애쓰는 중이었다.

애쓴다고 해도 익숙하지 않은 신문을 읽거나 여성 잡지를 넘기며 어른스러워 보일 복장이나 화장을 연구하는 정도였지만.

'아무리 시간이 지나도 여동생 이상으로는 대해주질 않는 걸…….'

조수석 시트에 몸을 맡긴 리코는 그만 한숨을 쉬고 말았다.

리코에게 있어서 웨딩드레스는 그저 동경의 대상이 아니었다.

아직 한참 어렸을 때…… 리코가 유치원에 막 들어갔을 무렵, 네 살 때.

리코는 슈지와 결혼식 놀이를 한 적이 있었다.

"리코가 드레스를 입고 교회에 들어가면 슈 오빠가 기다리는 데까지 아빠랑 걸어갈 거야. 거기서 슈 오빠가 리코의 베일을 올리면……."

나이 차가 많이 나는 사촌 언니의 결혼식에 참석한 직후였다.

아름다운 신부의 모습에 홀딱 반한 리코가 레이스 커튼을 드레스처럼 몸에 두르고 보고 온 결혼식을 슈지에게 설명했다.

"잘 보고 왔네."

신랑 역할인 슈지는 다정하게 웃으며 리코의 머리를 쓰다듬어 줬다.

리코에게 슈지의 손은 그 시절부터 쭉 변함없이 크고 따뜻했다.

칭찬받은 게 어지간히 기뻤던 모양이다.

'결혼식'을 남들보다 곱절은 동경하게 됐다.

'그래서 웨딩 업계에 관심이 있다고 말하면, 웃으려나.'

리코는 흘끔 운전하고 있는 슈지의 옆얼굴을 쳐다봤다.

가늘고 긴 눈매는 여자들에게 항상 인기 만점이었다.

냉정한 말도 솔직함의 표현일 뿐 결코 배려심이 없는 사람이 아니었다.

바쁜 무역 상사에서 일하면서도 이렇듯 휴일에 옆집 사는 여동생 같은 여자애의 쇼핑에 어울려주는 것만 봐도 분명했다.

슈지도 어엿한 성인 남자니까 여자친구가 있었던 때도 있었다.

여자친구가 생겼다는 걸 알았을 때는 충격으로 울었던 적도 있었다.

하지만 곰곰이 생각해보면 슈지가 연애에 관심이 없지는 않다는 뜻이었다.

'그런데도 나를 연애 대상으로 왜 안 봐줘?'

새로 산 치마도 어른스러운 화장도 전부 그를 위한 것이었다.

책장이 필요할 정도로 책이 늘어난 이유도 성적이 좋았던 슈지를 따라잡고 싶어서 올해 봄부터 소속된 대학 세미나의 예습을 열심히 했기 때문이다.

커튼 드레스에 장난감 반지.

리코에게 있어서 그것은 사소한 놀이로 끝난 일이 아니었다. 슈지와 결혼식 놀이를 한 날부터 진짜 웨딩드레스도 그의 옆에서 입고 싶었다.

'슈지 오빠.'

슈지는 지금도 리코가 아닌 앞을 바라보고 있었다.

그가 보는 경치를 보고 싶어서 리코도 그쪽을 바라봤다.

'어떻게 하면 나를 여자로 봐줄 거야?'

눈앞에는 만개한 벚꽃 아치가 늘어서 있었다.

마치 플라워샤워가 흩날리는 버진로드처럼 보였지만…….

리코와 슈지 사이의 거리는 운전석과 조수석 이상으로 가까워지지 않았다.

일주일 뒤 토요일.

"……리……코, 리코!"

이름이 불린 리코가 정신을 차렸다.

리코는 대학 세미나 조별과제를 하기 위해 모인 교실에 있었다. 눈앞에서 세미나 동기인 신도 아라타가 리코의 얼굴을 쳐다보고 있었다.

"미…… 미안, 아라타. 불렀어?"

"불렀지, 불렀어, 몇 번이나. 왜 그래, 넋 놓고. 몸 안 좋아?"

"아니야. 그런 거, 괜찮아."

"그래? 그럼 괜찮지만."

아라타는 안도했는지 긴장한 어깨에 힘을 뺐다.

그리고 나서 조별 과제 팀원 쪽으로 턱짓했다.

"과제, 어떻게든 될 것 같으니까 밥이라도 먹으러 가자고 말하고 있었는데. 리코도 갈래?"

"아……, 벌써 시간이 그렇게 됐어?"

휴대폰 화면을 보니 자정이 지나 있었다.

그리고.

'슈지 오빠다.'

슈지에게 온 '지금 어디'냐는 메시지가 알람으로 떠 있었다.

'그러고 보니……!'

부모님에게 오늘은 저녁쯤 돌아온다고 말하고 집에서 나왔던 걸 상기했다.

리코는 서둘러 휴대폰을 들고 메시지를 보냈다.

'아직 학교야. 지금 과제 끝났어.'

그러자 바로 답장이 왔다.

'데리러 갈게. 정문에서 기다려.'

'오빠……, 걱정했을까.'

'기다릴게'라고 대답하고는 왠지 모르게 입가가 풀렸다.

"같이 가자고 해줘서 고마운데, 데리러 오는 사람이 있어서 오늘은 그냥 갈게."

거절하는 말에 아라타가 눈을 깜빡이고는 씩 입술 끝을 말아올렸다.

"그 표정을 보니, 남자친구지?"

"남, 남자친구……?"

두 사람의 대화를 듣고 있었는지 고등학교 때부터 친한 요시노가 끼어들었다.

"그 슈지 오빠?"

고개를 갸웃거리는 아라타에게 요시노가 말을 이었다.

"리코네 옆집에 사는 오빠. 엄청 멋있다고. 리코는 계속 그 오빠를 좋아하는데 그쪽이 상대해주지 않는 거지?"

"잠깐……. 무슨 얘길 하는 거야, 요시노!"

"리코 짝사랑이구나."

"아라타도 곧이곧대로 믿지 마!"

연애 상대로 여겨주지 않는 것은 사실이라 반박도 못 했다.

요시노가 "그렇게 화낼 건 없잖아" 하며 깔깔 웃었다.

"맺어지지 않을 연애라도 아무도 없는 것보다는 훨씬 낫잖아."

"그건 그렇지."

아라타까지 편을 먹고 고개를 끄덕였다.

"요시노도 아라타도 남 일이라고……."

투덜거리긴 했지만 생각해보면 그랬다.

'슈지를 따라잡고 싶다'는 마음이 진로 선택의 지침이 되어 있었다.

누군가를 좋아하는 마음이 전혀 없다는 건 분명 쓸쓸하리라.

짝사랑 끝에 받을 상처는 싫지만 아무 감정이 없는 자신은 그것대로 싫을 듯했다.

"리코, 그래서 오늘도 갈 거야?"

요시노의 물음에 리코는 "미안해"라며 고개를 끄덕였다.

"슈지 오빠 걱정한 거 같으니까. 오늘 고마웠어, 내일 봐."

"그럼 난, 그 '슈지 오빠'라는 사람이 데리러 올 때까지 사이키랑 기다려줄게."

"괜찮아. 아라타도 애들이랑 같이 밥 먹으러 가야 되잖아?"

"그래도 밖에 어둡잖아. 혼자서 기다리면 위험해."

당연하다는 듯 말하는 아라타를 향해 요시노가 "흐응?" 하고 소리 없이 웃었다.

"알았어. 열심히 해봐, 아라타."

"시끄러워."

아라타가 하얀 이를 보이고 교실을 나가려는 학생들에게 시선을 향했다.

"요시노는 애들이랑 먼저 가 있어. 가게 정해지면 연락해 줘."

"응, 알았어. 그럼 리코 잘 가, 슈지 씨한테 안부 전해줘."

"아, 진짜 요시노!"

순식간에 아라타와 둘만 남겨지게 됐다.

"자, 가자."

별수 없이 리코는 아라타와 함께 슈지를 기다리기로 했던 정문으로 행했다.

교사에 늘어선 벚꽃나무는 절정을 다소 지나 눈처럼 꽃잎이 내리고 있었다.

벚꽃 아래서 슈지를 기다리며 그에 대해 묻는 아라타의 질문에 하나씩 대답했다.

"그렇다는 건 슈지 씨는 이른바 소꿉친구라는 거네."

아라타의 말에 리코의 가슴이 저릿하게 아파왔다.

"응, 그렇지. 그냥 소꿉친구."

이웃집 여자애라는 특권을 손에 쥐고 있지만 리코는 그 이상 그 이하도 아니었다.

그 현실을 눈앞에 들이민 느낌이었다.

"그렇게 대놓고 침울해하지 마."

떨구고 있던 고개를 드니 아라타가 곤란한 표정으로 웃고 있었다.

"……요시노의 말대로 희망이 없는 건가 싶어서."

"그렇지만도 않다고 생각하는데. 늦으니까 데리러 오잖아?"

그렇게 말한 아라타가 "아" 하고 뭔가 발견한 얼굴을 했다.

"리코, 잠깐 위에 봐봐."

"……?"

뭐지 하고 아라타를 올려다보자 그가 손을 뻗었다.

"이거. 머리에 붙어 있었어."

아라타의 손가락이 벚꽃 잎을 집었다.

"아아……, 고마워."

손가락 끝에서 떨어진 꽃잎이 밤바람에 팔랑팔랑 춤췄다.

꽃잎을 좇는 시선 끝으로 슈지의 차가 미끄러져 들어왔다.

"아, 슈지 오빠다."

슈지도 리코를 발견했으리라. 이쪽이 혼자가 아니어서인지 희미하게 치켜 올라간 눈썹이 앞창 너머로 보였다.

슈지가 조수석 쪽을 보도에 붙였다. 토요일인데도 출근했었는지 평일처럼 슈트 차림이었다. 리코가 차로 다가가자 슈지가 운전석에서 문을 열어줬다.

"미안, 데리러 와줘서 고마워."

리코가 말을 하자마자 슈지의 시선이 함께 기다려주던 아라타를 향했다.

반면에 아라타는 늑대를 만난 작은 동물처럼 주눅이 들었다.

'무리도 아니지.'

리코는 자기도 모르게 후후 웃었다.

평소에도 모델 같은 생김새인 슈지였다. 그런 슈지가 슈트를 입고 멋있게 차를 끌고 왔으니 여자는 물론이고 남자까지 분위기에 압도될 터였다.

'그렇다고 내가 자랑스러워할 입장은 아니지만.'

슈지의 여자친구이기라도 했다면 콧대가 높아질 만한 장면이었다.

그런 상황에서 아라타가 "저기" 하고 긴장한 목소리로 말했다.

"저 리코하고 같은 세미나에 속한 신도 아라타라고 합니다."

"……안녕하세요. 이치하라 슈지입니다."

슈지는 표정을 무너트리지 않고 가볍게 인사한 뒤 리코에게 "가자" 하고 말했다.

"응…… 그럼 아라타, 오늘은 고마웠어, 또 봐."

"어, 또 봐."

문을 닫고 멀어지는 아라타에게 손을 흔들고 있는 리코에게 슈지가 물었다.

"뭐야, 저 녀석."

'어? 별일이네. 나한테 관심을 다 갖고.'

언제나 이야기를 하는 쪽은 리코였다.

오늘은 누구와 뭘 했다든가 어떤 일이 재밌었다든가, 자질구레한 이야기를 끝도 없이 재잘댔다.

슈지는 그런 리코를 두고 컴퓨터를 하거나 책을 읽으며 '아아, 그래'라며 성의 없는 맞장구를 치는 것이 일상이었다.

'그러고 보니 지금까지 남자 친구가 거의 없었으니까. 그래서인가.'

리코는 중학교부터 고등학교까지 여학교를 다녔다. 동아리도 들지 않았기 때문에 최근 세 달간 세미나 멤버들을 만나기 전까지는 남자 친구들과는 별로 어울리지 않았다.

"세미나 동기야. 아라타라고."

"사귀냐?"

"뭐? 아, 아니야, 그런 거 아니야."

"흐음."

슈지는 앞을 향한 채 무심하게 대답했다.

'……뭐야.'

……질투하는 줄 알았네.

뜻밖의 대담한 기대를 한 리코는 스스로 덜컥 놀라고 말았다.

리코가 운전석에 앉은 슈지를 봤다.

보이는 건 또 옆얼굴이었다.

'질투 정도는 해줬으면 좋겠는데.'

어떻게 하면 그가…… 슈지가 돌아봐 줄까?

옆모습만을 보여주는 슈지가 어떻게든 자신을 돌아봐 줄 방법을 알고 싶었다.

"있잖아, 리코."

한 주가 지나고 수업 중에 아라타가 리코에게 말을 걸었다.

"슈지 씨 말이야, 무역 상사에서 일한다던데 진짜야?"

단도직입으로 물어오는 아라타에게 리코는 망설이며 대답했다.

"응, 그런데."

"역시!"

아라타가 세미나 선배에게 슈지에 대해 들은 모양이었다.

듣자 하니 아라타는 구직 활동의 일환으로 상사에서 일하는 선배와 대화를 나누고 싶다고 했다.

"그러니까 슈지 씨한테 선배 강연에 와달라고 부탁해주면 안 될까."

리코의 앞에서 빌듯이 손을 모은 아라타에게 리코는 "물론 되지"라며 미소로 응했다. 겉보기로는 상상이 안 될 정도로 남을 잘 돕는 슈지가 거절할 리 없었다.

"슈지 오빠한테 부탁해놓을게."

그렇게 경솔하게 약속을 한 뒤 그날 밤 슈지의 집을 방문했다.

"내가 왜."

슈지의 말에 오히려 리코가 놀랐다.

"왜, 왜 싫어?"

리코는 책상 위의 컴퓨터를 향해 있는 슈지에게 반문했다.

"아, 슈지 오빠, 혹시 일 바쁜 시기야? 그럼 조금 빨리 와도 괜찮을 것 같은데."

"……야."

슈지가 하아 한숨을 쉬고 관자놀이에 손을 짚었다.

"네 상황을 모르는구나."

"상황?"

"그래. 아라타라면 저번에 만났던 네 동기지?"

"그런데……."

"우리 학교 나 말고도 무역 상사에 들어간 선배 있잖아. 그런데 왜 일부러 나한테 부탁한다고 생각해? 그 녀석한테 그런 부탁을 받고 넌 아무렇지도 않아?"

말하는 의미를 도통 모르겠다.

알겠는 건 이렇듯 불쾌함을 노골적으로 드러내는 슈지는 좀처럼 본 적이 없다는 사실뿐이었다.

리코는 어찌할 바를 모르고 열심히 머리를 굴렸다.

'그러고 보니 아라타랑 난 동기니까…….'

아라타가 구직 활동을 시작했다면 리코도 뭔가 진로를 정하기 위한 활동을 하지 않으면 안 될 터였다.

슈지는 그 말이 하고 싶은 걸까.

"나도 생각하고 있어. 스스로 뭐가 되고 싶은지 정도는."

장래에는 동경하는 웨딩 업계에서 일하고 싶다고 생각하고 있었다. 그렇다고 슈지와의 추억이 계기라는 걸 알면 슈지는 또 애 취급을 할 것 같았다.

어찌해야 할지 몰라 슈지 쪽을 쳐다볼 수 없었다.

잠시 뒤 슈지가 포기한 듯한 말투로 말했다.

"……알았어. 네 맘대로 해."

"……슈지 오빠?"

"선배 강연은 가줄게. 아라타 연락처 내 폰으로 보내놔. 그 녀석한테는 이쪽에서 연락한다고 전해."

"진짜 괜찮아?"

"괜찮고 자시고, 네가 그러길 바라잖아. 나중에 울어도 모르니까, 잘 생각해보고 행동해."

리코에게 등을 돌린 채 슈지는 키보드를 두드리기 시작했다. 그 등을 바라보며 리코는 마음속으로 슈지가 한 말을 되새김했다.

……잘 생각해보고 행동해.

'생각하고 있어. 노력하고도 있……는데.'

"아직 일 남았으니까, 오늘은 돌아가."

쌀쌀맞은 말투에 리코는 풀이 죽었다.

"응……. 그럼 아라타한테 간다고 전해둘게."

집중했는지 슈지는 대답하지 않았다.

컴퓨터 화면을 보고 있는 뒷모습으로는 슈지가 무슨 생각을 하는지 알 수 없었다. 일에 방해가 되면 둘 사이의 거리가 멀어질 뿐이리라.

'노력한 만큼은 인정받고 싶어.'

리코는 한숨을 삼키고 조심조심 방을 빠져나왔다.

학기가 끝난 뒤 슈지가 회사 근처 카페에서 만난 아라타는 첫 대면 때 받은 인상보다 훨씬 건실한 학생이었다.

업계에 대해서도 잘 조사해왔고 하고 싶은 일도 명확했다. 그런 부분은 리코가 본받았으면 좋겠다고 생각할 정도였다.

……리코에 대해서는 못을 박아둘 필요도 없겠군.

진지하게 이쪽의 이야기에 귀를 기울이고 메모하는 모습을 보는 사이에 슈지는 자신의 마음속에서 그를 경계하는 감정이 있었다는 것을 깨달았다.

어느 토요일 귀가가 늦은 리코를 데리러 간 날.

기다리라고 했던 대학교 정문 앞에서 리코의 옆에 서 있는 남학생이 보였다.

'……?'

본인 이야기를 자주 하는 리코였지만 남자 친구에 대한 이야기는 들은 적이 없었다.

그 남학생은…… 나중에 스스로를 신도 아라타라고 소개했다……. 슈지가 보는 앞에서 리코의 머리카락을 만졌다.

찌익 성냥을 그은 것처럼 가슴 한켠에 통증이 일었다.

"뭐 해."

문을 연 슈지의 입에서는 그런 말이 흘러나왔다.

아라타를 책망하는 듯한 말투를 느끼고 "어머니가 걱정하셔"라고 덧붙였다.

"미안해, 데리러 와줘서 고마워."

리코는 안심한 듯 미소 지은 얼굴을 슈지에게 향했다.

'……이 자식 순진하게 웃을 때냐.'

그때 느꼈던 초조함의 정체를 당시에는 알지 못했다. 그저 그 상황에서 주변에 걱정을 끼치고도 태평한 표정인 리코에게 화가 난 거라고 결론지었다.

그 직후 아라타에게 시선이 간 시점에서 알아차렸어야 했다.

"감사했습니다."

아라타는 그날과는 딴판으로 산뜻한 슈트를 입은 채 고개를 숙였다.

"그래" 하고 슈지가 대답하자 아라타가 메모를 적은 노트를 가방에 넣고 우유와 설탕을 잔뜩 넣은 커피를 단번에 마셨다.

"그럼, 또 물어볼 게 있으면 연락해도 돼."

영수증을 들고 일어나자 아라타가 "감사했습니다" 하고 싹싹하게 고개를 숙였다.

생각보다 더 건실한 학생이었다.

'리코를 신경 쓰는 건 단순히 오지랖이 넓어서인가……?'

수상하게 여기면서 계산을 마쳤다.

TV 드라마나 영화에서도 오해라는 소재는 자주 나오니까.

게다가 아라타는 우수한 회사 후배가 될지도 모른다.

일이 복잡해지지 않고 지나간다면 제일이었다.

그런데 카페를 나와 헤어지려던 순간 아라타 쪽에서 운을 뗐다.

"저기."

자신을 부르는 소리에 슈지가 뒤를 돌아봤다.

슈지보다 살짝 작았지만 그래도 보통 남자들에게 뒤지지 않는 신장이었다.

"조금 개인적인 이야기인데 해도 될까요?"

"……아, 괜찮아."

"단도직입으로 물을게요……. 슈지 씨, 리코를 어떻게 생각하세요?"

도전하는 듯한 눈빛에 슈지는 절로 자세를 바로잡고 아라타를 마주했다.

'이 자식……. 역시 선배 강연이 목적이 아니었어.'

"넌 뭐라고 들었는데."

아까까지 예의를 차리던 말투를 집어던졌다.

바뀐 태도를 아라타도 느낀 모양이었다. 표정에 긴장이 어렸지만 과감하게 질문을 계속했다.

"리코는 그저 옆집에 사는 소꿉친구라고 했어요."

"그래? 뭐 이제 곧 옆집 오빠도 아니게 되지만."

"무슨 소리예요?"

"이사 가거든."

"이사? 슈지 씨가요?"

"그래. 다음 달에 독립."

"아아……."

승기를 잡은 사람처럼 아라타의 눈이 빛났다.

"그럼 제가 유리해지네요. 전 리코랑 매일 학교에서도 보고 같이 보내는 시간도 슈지 씨보다 길어질 거고."

……유리?

슈지가 미간을 찌푸리자 아라타가 날카로운 시선으로 쳐다봤다.

"분명 슈지 씨보다 제가 리코를 더 좋아해요."

슈지는 아라타와 처음 만났을 때 배 속 깊은 어딘가에서 느낀 감정을 납득했다.

자신도 좀체 어른스럽지 못했지만 아라타도 후배다운 귀여움이 없었다.

'그래도…… 의외로 취향은 맞나 보군.'

"……옆에 있는 시간이 길어지면 그 녀석이 너한테 마음이 갈 거다?"

의기양양한 표정을 한 아라타를 보니 한쪽 볼이 씰룩였다.

"내가 너보다 더 확실히 그 녀석을 보고 있어. 뺏으려고 해봐. 후회해도 상관없다면."

그 말을 들은 아라타가 주눅이 들었는지 목울대를 꿀꺽 울렸다. 하지만 곧 등을 곧게 세우고 강렬한 눈빛으로 슈지를 응시했다.

"그렇군요, 전 제 방식대로 할 테니. 방심하지 마세요, 슈지 씨."

슈지의 태도가 완전히 돌변한 건 아라타를 만나고 온 밤 이후부터였다.

　'역시 요즘 이상해.'

　선배 강연 이후 이 주가 지났다. 방과 후에 리코가 휴대폰을 보면서 생각에 잠겼다.

　지금까지 리코가 연락하면 슈지는 반드시 대답을 했었다. 그런데 요즘 들어 대답이 두 번에 한 번, 세 번에 한 번으로 점점 뜸해졌다.

　그리고 결국 사흘째부터 연락이 되지 않고 있었다.

　'왜 그러지.'

　몸이라도 안 좋은가. 아니면 일이 바쁜가.

　그렇게 생각한 리코는 저번 주 주말 슈지의 집에 상황을 볼 겸 놀러 갔었다.

　그런데 슈지는 집에 없었다.

　"모처럼 왔는데 미안해서 어쩌니, 리코야. 슈지가 요즘 영 집에 안 오네. 일이 바쁜 모양이라."

　슈지의 어머니가 뺨에 손을 대고 살짝 고개를 기울였다.

　"이사 준비도 있고, 밥이라도 먹으러 오라고는 했는데."

　"이사요?"

　리코가 깜짝 놀라 눈을 크게 떴다.

"아줌마, 이사 가시게요?!"

"어머, 리코야 섭섭하니?"

슈지의 어머니가 입가에 손을 대고 호호 웃었다.

"괜찮아, 슈지만 갈 거니까."

"슈지 오빠만요……?"

"그래. 뭐래더라, 일도 바빠졌으니까 통근하기 편한 집을 빌려서 집을 나간다더구나."

벌써 임대 계약이 끝나서 이사만 가면 된다고 한다.

'어째서.'

슈지에게 그런 이야기는 듣지 못했다.

'나한테는 말하지 않아도 된다고 생각했나? 아니야, 그보다.'

……슈지 오빠가 더는 이웃이 아니게 돼.

옆집에 산다는 것이 슈지와 리코를 잇는 유일한 끈이었다.

슈지가 옆집 오빠가 아니게 된다면 지금까지처럼 쉽사리 만나러 갈 수 없게 된다.

'이웃이 아니게 되면…… 나 따위는 분명 금방 잊어버릴 거야.'

잠들지 못하는 밤이 밝도록 그런 생각을 했던 탓일까.

"어이, 리코!"

자신을 부르는 큰소리에 정신을 차리고 보니 도서관 앞의 계단을 헛디딜 뻔했다.

"앗……, 꺄악……!"

"위험해."

리코는 자신을 잡아준 아라타의 팔에 안도의 한숨을 쉬었다.

"리코, 괜찮아?"

"고…… 고마워, 아라타……, 아……!"

이번에는 남자에게 안겨 있다는 상황을 깨달은 리코가 허둥 지둥 아라타에게서 떨어졌다.

아라타는 그런 리코를 보고 "그렇게 움직일 수 있으면 됐어" 라며 쓴웃음을 지었다.

"또 정신 놓고 있었지. 고민 있어?"

"아니……. 고민, 이라기보다는."

리코는 도서관을 나와 점심을 먹으러 가는 중이었다.

같은 세미나 일행이 근처에 있어서 리코는 말을 망설였다.

"고민한다고 해결할 수 있을 것 같지 않아서……. 침울하다 는 표현이 맞나."

"……혹시 슈지 씨 때문에?"

"어…… 어떻게 알았어?!"

"저번에 슈지 씨한테 직접 들었으니까."

"무슨 얘기?!"

"슈지 씨 이사 간다고."

"아……, 그 얘기구나."

'무슨 얘기길 바랐느냐 물어도 답하기 곤란하지만…….'

조금이라도 자신에 대해 말하지 않았을까 기대한 자신이 부끄러웠다.

아라타는 고개를 떨군 리코의 옆을 걸으며 머리 뒤로 깍지를 꼈다.

"역시 섭섭해?"

"섭섭하지. 이웃이 아니면 지금처럼은 만날 수 없잖아."

"옆집에 살지 않아도 만나러 가면 되잖아."

"오빠랑 난 접점이 전혀 없으니까. 뭐라고 핑계를 대고 만나러 가면 좋을지 모르겠어."

옆집이라는 이유만으로 만나러 갔던 지금까지가 운이 좋았던 거다.

그런 사실을 깨달으니 쓸데없이 울적해지는 기분이라 괴로웠다.

"⋯⋯그럼 리코는 그 사람하고 어떻게 하고 싶은데."

리코가 깜짝 놀라 아라타를 보니 그는 더욱 확실한 어조로 말을 이었다.

"슈지 씨랑 어떤 관계가 되고 싶냐고 묻는 거야. 슈지 씨랑 말하는 리코를 봤더니 리코는 이대로 멀어지면 안 괜찮을 것처럼 보였거든."

"어떤⋯⋯이라니, 그런."

리코는 몇 걸음 가지 못해 시선을 떨궜다.

물론 계속 여동생 취급을 받기는 싫었다.

하지만 그 이상을 바라는 건 당치 않다는 기분이었다.

"특별히 뭘 어쩌고 싶은 건 아니야."

"진짜?"

"……응."

"좋아하는 거 아니야?"

"그, 그만해, 이상한 말 하지 마."

리코가 아라타에게서 시선을 떼자 그가 나직이 중얼거렸다.

"난 좋아. 그편이 더 나아."

"……응? 뭐라고?"

한눈을 파느라 리코는 아라타의 말을 잘 듣지 못했다.

아라타가 "아니야 됐어"라며 가볍게 웃고 리코를 향해 몸을 돌렸다.

"리코는 슈지 씨랑 이렇게 되고 싶다는 바람이 있는데 방법을 몰라 고민하고, 또 그게 안 돼서 침울한 거잖아."

"그건……."

슈지와 어떻게 되고 싶냐는 물음에 물론 자신이 그리는 모습이 있긴 했다.

슈지가 자신을 대등한 존재로 바라봐주길 원한다.

운이 더 좋다면 그가 사랑하는 존재가 되고 싶었다.

하지만 이루어지지 않을 꿈이었다.

슈지의 앞에서 자신이 여동생처럼 행동해온 이유는 헤어지거나 멀어지는 게 무서웠기 때문일지도 모른다. 거절만 당하지 않으면 자신에게서 멀어지려는 그의 마음을 눈치채지 못한 척, 언제까지나 함께 있을 수 있으니까.

이런 식으로 도망쳐도 언젠가 함께하지 못하는 때가 오는 것은 피할 수 없다.

'……이런 상황을 인정하고 마주한다고 해도 결과는 같을지도 몰라.'

지금까지는 실패가 무서워 시도조차 하지 않았다.

그래서 후회했다.

"……나, 오빠한테 어울리는 여자가 되고 싶어."

그 말을 들은 아라타가 씨익 태양처럼 빛나는 미소를 지었다.

"그렇다면 그 목표를 향해 열심히 달리는 게 정답 아냐?"

맞아, 리코는 머릿속이 새로 칠해진 듯한 기분이 들었다.

어차피 안 될 일이라면 있는 힘껏 노력해보는 편이 미련이 남지 않을 터였다.

일단은 슈지에게 어울리는 여자가 되고 싶었다.

그러고 난 후에…….

슈지 오빠가 날 좋아하게 됐으면 좋겠어.

눈앞에 놓인 길에 희미한 빛이 보인 기분이었다.

생각해보면 스스로 성장하지 않고 그저 자신을 좋아해주기만을 바라다니 오만했다.

"……할 수 있을까?"

결심은 했지만 불안한 마음에 본심을 불쑥 중얼거렸다.

"할 수 있어."

자기 일도 아니면서 아라타는 자신만만하게 대답했다.

아라타의 미소에 리코도 덩달아 웃었다.

고민을 들어주는 사람이 '괜찮아'라고 무책임하게 말해주는 쪽이 의외로 도움이 되는 모양이었다. '그렇구나, 괜찮구나'라는 생각이 들면 정말로 괜찮아진 기분이 드니까.

슈지가 기분이 상한 이유는 왠지 짐작이 갔다.

아마도 리코가 아라타의 구직 활동 이야기를 듣고도 태평하게 굴었기 때문이리라.

그렇게 여긴 리코는 자신도 장래를 위해 무언가 시작해야겠다고 마음먹었다.

……그렇지만.

'난 평범하니까…….'

대학의 취업 정보실에서 자료를 넘기던 리코는 벌써 좌절할 것 같았다.

지망 동기는 회사에 맞는 자신의 개성을 알기 쉽게 어필하는 방향으로 쓰세요……라고 쓰여 있었지만 자신이 개성이 어떤지 구체적으로 생각해본 적도 없었다.

열람석에 앉은 채 낙담하고 있는 리코의 뒤에서 누군가가 자료를 들여다봤다.

"흠, 리코는 웨딩 업계로 가고 싶어?"

"아라타!"

자료를 숨기려고 해봤지만 이미 늦었다. 리코는 허둥지둥 변명 같은 말을 입에 올렸다.

"가고 싶다기보다는…… 그냥 동경하는 것뿐이야."

"나무랄 데 없는 지망 동긴데."

아라타는 자료를 보며 "그러고 보니 웨딩 업계 쪽은 알아본 적이 없네" 하고 혼잣말했다.

"남잔데도 웨딩 쪽에 관심이 있어?"

"응, 잘 모르긴 하지만."

아라타는 얼버무리지 않고 진지한 표정으로 자료를 가리켰다.

"개성이란 건 어떻게 키워야 하는지 알 수 없으니까. 경험하는 횟수만큼 기회가 주어진다는 거라면 여러 사람을 만나고 다양한 장소에 가보고 난 뒤에 지망 업계를 정하려고."

"그렇구나……. 그것도 그러네."

저번부터 아라타는 눈에서 안개가 걷힌 사람처럼 말했다. 그의 말대로 경험의 횟수만큼 새로운 사고방식을 접하게 된다는 생각이 들었다.

리코는 먼저 취업 활동을 시작한 아라타의 도움으로 여러 직업에 대해 조사했다.

서점에 가고, 인터넷으로 조사하고, 취업 정보실에서 선배들의 자료를 조사하고, 부모님께 묻기도 하고…… 그럴 때마다 스스로가 지금까지 얼마나 세상을 몰랐는지 깨달았다.

'슈지 오빠도 학생일 때 이렇게 진로를 조사했을까?'

호기심이 가는 직업에 관해 조사하면서 리코는 학생 시절의 슈지에 대해 생각했다.

그도 이렇게 무한히 길게 느껴지는 길 위에서 단 하나를 골랐을까.

그러자 끝없는 정보의 바다에서 이정표가 떠올랐다.

슈지에게 어울리는 여자가 되고 싶어.

지금 리코에게 보이는 것은 동경하기만 했던 존재가 아니었다.

뒤쫓아가서 함께 걷고 싶은 뒷모습이었다.

"여러 직업을 찾아봤는데."

일주일 뒤 점심시간, 학생 식당에서 점심을 먹으며 리코는 아라타와 대화를 나눴다.

"역시 여전히 웨딩 업계가 궁금해. 웨딩플래너 인턴 모집에 지원해볼까 해."

"오오, 잘됐네?"

아라타는 튀김 정식을 찌르던 손을 멈추고 리코가 내민 자료에 시선을 내렸다.

"역시 처음 되고 싶었던 직업이 신경 쓰이지. 거기다 리코랑 어울려."

"그럴까."

"그렇다니까. 리코는 사람 얘기를 잘 들어주잖아. 웨딩플래너는 다른 사람의 이야기를 듣고 그걸 실현하는 직업이잖아?"

그 말에 용기를 얻은 리코는 웨딩플래너 인턴에 지원했다.

서류 심사 대책과 면접 연습도 '슈지 씨한테 부탁받았으니까'라는 이유로 아라타가 같이 어울려줬다. 더해서 웨딩 업계 자료를 모아주기도 하고 졸업생 중에 웨딩 쪽에서 일하고 있는 선배가 있는지 찾아주거나, 진중하게 고민 상담을 해주기도 했다.

그래서 리코가 인턴에 붙었다는 사실을 알렸을 때도 본인 일처럼 기뻐해줬다.

리코의 합격 소식에 아라타가 축하도 할 겸 함께 저녁을 먹자고 했다.

수업이 끝난 후, 리코는 아라타가 원래 알고 있던 이탈리안 레스토랑에서 와인 잔을 부딪쳤다.

"……뭔가, 신기하네."

"응? 뭐가?"

맞은편에 앉아 있던 아라타가 즐겁다는 듯 고개를 기울였다.

"식당에서 술을 마시다니, 어렸을 때는 진짜 해보고 싶었으니까."

몸이 따끈따끈한 이유는 알코올 탓만은 아니었다.

자신이 정한 길을 걷기 시작했다는 실감에 리코는 잔뜩 고양됐다.

'이러니까 슈지 오빠하고 가까워진 기분이야……라고 말한다면 또 비웃을 것 같지만.'

"흐음, 슈지 씨가 이런 데 안 데리고 왔었어?"

"응. 오빠는 내가 밤늦게 쏘다니는 거 별로 안 좋아하거든."

아직 애라고 여기는 거겠지, 리코가 풀죽은 모습을 보이자 아라타가 재밌다는 듯 웃었다.

"마음만은 벌써 어른인데 말이지."

"마음만이 아니라 벌써 스물한 살이야."

토라진 리코에게 "미안, 미안" 하고 말한 아라타가 테이블 위의 팔꿈치를 괴고 마치 어린아이를 보듯 다정한 눈으로 리코를 바라봤다.

"아라타가 보기에도 애 같아?"

"아니? 전혀 아닌데?"

"진짜로?"

의심스럽다는 듯 말하며 잔을 기울인 리코는 평소보다 조금은 어른이 된 느낌이라 기분이 좋았다.

좋아하는 사람에게 한 발 한 발 가까워졌다.

조금씩 가까워지면 언젠가 그를 따라잡을 수 있어……. 그런 느낌이 들어 기뻤다.

❧

그날은 들뜬 마음에 그만 과음한 모양이었다.

리코는 식당을 나와 아라타와 함께 역까지 걸었다.

리코는 술기운이 오른 김에 결심이 무뎌지지 않도록 밖으로 소리 내어 말해두기로 했다.

"아라타, 전에 나한테 슈지 오빠랑 어떻게 되고 싶냐고 물었었지."

"그랬지. 그런데 갑자기 왜?"

"나 인턴을 무사히 마시면 슈지 오빠한테 고백할 거야."

"……그렇구나. 목표가 있다는 건 좋지, 목적지가 확실하니까."

응원할게라며 빙긋 웃은 아라타는 "많이 늦었으니까 집까지 바래다줄게." 하고 먼저 청해왔다.

손목에 찬 시계를 보니 확실히 벌써 열한 시가 넘어 있었다.

아라타의 제안을 감사히 받아들인 리코는 집 근처 역으로 향하는 전철에 탔다.

목적지가 한 정거장 남았을 때 슈지에게 연락이 왔다.

'어디야?'

"······!"
'어머니가 걱정하시면서 내 쪽으로 오지 않았냐고 연락하셨
어.'
휴대폰 메시지를 본 리코는 뛸 듯이 기뻤다.
리코는 곧장 답장을 썼다.

'아라타랑 밥 먹고 돌아가는 중이야. 이제 곧 역에 도착해.'
'역 앞으로 데리러 갈 테니까, 혼자 가지 마. 밝은 데서 기다
려.'

'노력했더니 좋은 일이 생기네.'
리코는 답장을 하며 가슴 속으로 퍼지는 따뜻함을 느꼈다.
전철에서 내려 인파에 떠밀리다시피 개찰구를 나오니 슈지
가 서 있었다.
"슈지 오빠!"
"······너 취했어?"
하아, 슈지는 피곤한 듯 한숨을 쉬고 아라타의 얼굴을 쳐다
봤다.

"늦게까지 미안하군."

슈지는 말을 마치자마자 리코의 팔을 잡고 자기 쪽으로 끌어당겼다.

"슈, 슈지 오빠?"

"아니요, 괜찮습니다. 바래다주는 것 정도는 같이 밥 먹었으니까 당연하죠."

슈지가 꿈틀 한쪽 눈썹을 치켜올리자 아라타가 "그럼 간다, 리코" 하고 급히 말했다.

"응, 아라타, 오늘은 고마웠어."

"괜찮다니까. ……다음에 또 같이 마시러 가자."

평소보다 낮고 어른스러운 목소리에 리코는 고개를 갸웃했다.

'아라타, 왠지 분위기가 다른데……?'

이상하다고 여기는 사이, 아라타가 "내일 보자" 하고 리코에게 가볍게 손을 흔들고 슈지에게 꾸벅 인사한 뒤 다시 개찰구 안쪽으로 사라졌다.

"가자."

평소처럼 시큰둥한 말투였지만 리코는 슈지가 언짢아한다는 걸 알 수 있었다.

"저기, 슈지 오빠."

리코는 앞서서 걷는 슈지를 뒤쫓았다.

"고마워. 데리러 와줘서."

슈지에게 대답은 없었다.

"근데…… 오랜만이다, 이렇게 데리러 와준 거."

불편한 침묵에 말을 잇자 짜증이 담긴 목소리가 들렸다.

"……리코."

앞서 걷던 슈지가 멈춰 서서 이쪽을 돌아봤다.

"내가 잠깐 안 본 사이에…… 요즘 귀가가 늦다고 어머니가 그러시더라. 너, 매번 이렇게 늦게까지 아라타랑 있다 오는 거야?"

"뭐……?"

"너 역시 지금 네가 어떤 상황인지 모르는구나."

험악한 표정에 리코는 아연해졌다.

'슈지 오빠는 내가 아라타랑 밤늦게까지 마냥 놀았다고 생각하나……?'

리코는 주먹을 꽉 쥐고 반박했다.

"아니야. 내 상황 정도는 알고 있어. 언제까지 슈지 오빠가 곁에 있으면서 도와줄 게 아니잖아? 그러니까……."

……동생인 채로는 싫어.

리코 나름대로는 인턴에 합격해 어느 정도 성과를 냈다고 여겼다.

하지만 연상인 슈지의 눈에는 그래도 모자라 보이는 걸까.

"……알았어."

슈지의 어조에 체념이 스몄다.

"걱정했던 내가 바보였어. 네 맘대로 해."

"······슈지 오빠?"

슈지가 등을 돌리는 바람에 그의 표정이 보이지 않았다.

'걱정했다니······ 무슨 소리지? 내가 신경 쓰인다는 거야?'

리코는 할 말을 찾지 못한 채 슈지의 차에 올라탔다.

결국 슈지는 회사로 가는 전철 노선과 가까운 집을 빌려 주말 동안 이사했다.

리코가 이사 준비를 도우려 전화를 걸었지만 슈지는 냉담하게까지 느껴지는 대답을 돌려주었다.

'업자한테 부탁할 거니까, 도와줄 필요 없어.'

아무리 리코라지만 기분이 가라앉았다.

'전화든 문자든 원래 잘하는 사람이 아니었지만······.'

어색해진 사이가 나아지지 않고서는 리코 쪽에서만 연락하기도 힘들었다.

어쩌다 하는 대답도 한층 사무적으로 느껴졌다.

이래저래 불편한 기분이라 모처럼 합격한 웨딩플래너 인턴도 편한 마음으로 참가할 수 없었다.

'그래도······ 직장인이 되면 우울해도 일은 해야 하니까.'

불현듯 그런 사실을 깨달았다.

5일 동안 진행되는 인턴십은 웨딩플래너의 업무를 대략 경험해보게끔 프로그램이 짜여 있었다.

게스트하우스에 커플을 초대해 대화하며 원하는 결혼식 이미지를 찾았다.

선배들이 쉽사리 해내는 업무 하나하나가 리코 같은 인턴들에게는 첫 경험이었다.

이 일이 얼마나 힘든지 몸소 체험했지만 행복한 커플들의 얼굴을 보고 있으면 자연스럽게 얼굴이 펴졌다.

'슈지 오빠도 이런 기분으로 일하고 있을까.'

……조금이라도 오빠에게 다가간 걸까.

동경하기만 했던 사람이지만, 웨딩플래너의 일처럼 한 발씩 다가가면 언젠가 닿을 수 있지 않을까.

'그렇게 거절당해놓고 이런 생각하는 것도 우습지만.'

4일차 인턴 업무가 끝난 밤 리코는 잠이 오지 않아 침대를 뛰쳐나와 창문에 걸린 커튼을 걷었다.

옆집 2층 끝…… 원래는 슈지의 방이었던 곳에는 빛이 없었다.

……우리 둘 사이의 길이 이대로 멀어지는 건 싫어.

'인턴 제대로 끝마치면 고백하자.'

리코는 살며시 커튼을 원래대로 돌리고 다시금 침대로 들어갔다.

연일 이른 기상으로 몸이 적당히 피곤했다.

코끝까지 이불을 끌어 올리고 순식간에 잠에 빠져들었다. 수마가 리코를 덮쳤다.

인턴 마지막 날, 웨딩드레스 시착을 허락받았다.

드레스를 입은 인턴끼리 모여 서로 기념사진을 찍어줬다.

저녁에 해산한 뒤에 리코는 그 사진을 슈지에게 보내기로 했다.

'인턴 무사히 끝났어.

슈지 오빠도 일 힘내.

시간 나면 하고 싶은 말도 있으니까 만나고 싶어.'

사진에 메시지를 덧붙여 몇 번이나 망설이다 송신 버튼을 눌렀다.

긴장이 풀린 것도 잠시, 이번에는 답장이 빨리 올까 싶어 묘하게 초조해졌다.

'바로 답장을 할 거라고는 처음부터 기대도 하지 않았지만…….'

자신 없는 마음이 불안을 부채질해 쓸데없는 데까지 생각이 뻗었다.

아직 일하는 중이니까 바로 답장 못 하는 것뿐이야. 아니면 연애대상으로 보이지도 않는 자신이 이런 짓을 한들 소용없는 걸까.

반대되는 기분 사이에서 흔들리던 리코는 집에 돌아가자는 기분도 들지 않았다.

이미 날은 완전히 저물었다.

밤거리를 걷는 중에 쥐고 있던 휴대폰이 갑자기 진동했다.

"여…… 여보세요."

발신자를 제대로 확인하지도 않고 전화를 받으니 아라타의 목소리가 귓가로 흘러들어왔다.

"인턴 하느라 고생했어."

"……응, 무사히 끝났어."

"아직 전화를 받는 걸 보니……. 슈지 씨한테 말 안 했어?"

"아니, 일단 '만나고 싶다'고 보냈어. 그런데……."

리코가 입을 다문 탓에 사정을 대략 파악했으리라.

아라타는 리코가 어디 있는지 묻고 바로 달려와 주었다.

슈지의 회사 근처의 카페에 들어가 답장을 기다렸다.

'연락했다고 해서 꼭 답장을 준다는 보장도 없고 오늘 만날 수 있는지도 모르는데…….'

그래도 혼자서 기다리기는 괴로울 것 같았는데 아라타가 있어 줘서 고마웠다.

한 시간이 지나고 또 한 시간이 지났다.

오후 아홉 시를 지날 무렵 리코는 줄곧 사소한 말들로 자신의 기분을 달래주던 아라타에게 불쑥 약한 소리를 내뱉고 말았다.

"……나랑 슈지 오빠, 잘 안 될 운명일까."

"그걸 나한테 물어보냐?"

맞은편에 앉은 아라타가 쓰게 웃었다.

"그럴 거면…… 나로 하면 될 텐데."

"……아라타."

잘못 들었나 싶었지만 아라타가 똑바로 리코를 마주 봤다.

"나였으면 리코를 이런 식으로 혼자 두지도 않고 소홀히 하지도 않아. 제대로 한 여자로 대하고 소중히 할 거야. ……나로는 안 돼?"

리코는 그만 아라타의 눈을 피했다.

그의 목소리는 도저히 농담처럼 들리지 않았다.

'……나, 내가 생각한 것보다 더 비겁한지도 몰라.'

어렴풋이 깨닫고 있었다.

자신을 신경 써주고 잘 챙겨주고 웃게 해주려 마음을 쓰는 사람이 자신을 어떻게 생각하고 있는지.

하지만 그 마음을 인정해버리면 리코에게 정반대의 행동을 하는 사람…… 슈지의 마음을 깨닫게 되고 만다.

"……아라타의 마음은 기쁘지만."

리코는 아라타를 어떻게 대하면 좋을지 알 수 없었다.

우물거리는 사이에 아라타가 후우 맥 빠진 한숨을 쉬었다.

"알아. 미안, 곤란하게 해서."

"그런 게……."

"아아, 역시 무리였어."

선언당한 대로 당하는 것도 열 받네, 하고 아라타가 얼굴을 찡그렸다.

"뭐? 선언?"

"아니, 이쪽 얘기. 뭐 그래도 리코가 이런 사람이라서 좋아했어."

아라타는 완전히 개운해진 표정으로 테이블에 턱을 괴고 리코를 쳐다봤다.

"꿈이나 목표나 동경하는 게 있는 사람은 정말 보고 있으면 기분이 좋아져. 목적지가 확실하니까 혹시 넘어지더라도 길을 벗어나지 않고 걸음이 빠른 사람도 느린 사람도 있지만 언제나 앞으로 걸어가니까 말이야."

덧붙이자면 리코는 느린 편이지, 장난스럽게 말한 아라타에게 리코는 진심으로 미안해졌다.

"아라타……, 미안해."

"미안해가 아니지. 고마워잖아?"

아라타는 코끝을 찡긋하고 리코를 안심시키듯이 웃었다.

"그건 그렇고, 슈지 씨는 정말 화나네."

길 쪽으로 난 전면 유리창을 쳐다보며 아라타는 불만스럽게 입을 삐죽였다.

아라타가 슈지에게 카페에서 기다리겠다고 연락한 모양이었다.

"빨리 데리러 오지 않으면 리코는 내가 데려갈 거야."

농담처럼 말한 아라타는 정말 정신력이 강한 사람 같았다. 스스로에게 확신이 없는 사람이 다른 누군가에게 힘이 되지 못한다는 건 너무나 당연했다.

'나도 누군가에게 힘이 되도록 강해져야지.'

리코는 가라앉으려던 기분을 북돋았다.

그 순간 테이블 위에 두었던 휴대폰이 울렸다.

"제 말 하면 온다던 호랑이?"

발신자 표시가 보인 모양이었는지 아라타가 입술 끝을 올렸다.

"받아봐."

"으, 응⋯⋯."

리코는 머뭇거리며 통화 버튼을 눌렀다.

"리코? 지금 어디야, 아라타랑 같이 있어?"

전화기에서 흘러나온 것은 전에 없이 거친 숨이 섞인 슈지의 목소리였다.

"슈지 오빠⋯⋯? 지금, 아직 아라타랑 카페에 있는데⋯⋯."

"거기서 움직이지 마, 바로 갈 테니까 기다려!"

일방적으로 끊어진 통화에 리코는 휴대폰을 바라봤다.

"뭐지, 지금 건⋯⋯."

"내 작전이 먹혔나?"

아라타는 자신의 휴대폰을 리코 쪽으로 내밀었다.

화면에는 슈지와 나눈 대화창이 표시되어 있었다.

가장 최근 대화는 이랬다.

'오늘 내로 슈지 씨가 데리러 오지 않으면 실력행사를 해서라도 리코를 뺏을 거예요.'

"아……, 아라타!"

"안심해. 슈지 씨가 데리러 오면 뺏고 싶어도 못 뺏잖아?"

휴대폰을 주머니에 넣은 아라타가 가게 입구로 시선을 향했다.

때마침 슈트 차림에 서류 가방을 든 슈지가 뛰어 들어왔다.

"빨리 왔네요, 슈지 씨."

"……실력행사라니 무슨 말도 안 되는 소리야."

"기습도 전략이잖아요?"

왠지 의기양양해 보이는 아라타를 향해 슈지는 쓴 약이라도 삼킨 듯한 표정을 지었다.

"조금만 더 늦으면 내가 이길 수도 있지 않을까 기대하던 참이었죠."

"멍청한 소리."

슈지는 피곤한 듯 짧게 한숨을 쉬고 굳어 있던 리코의 손목을 잡고 일어났다.

"불가능하다는 걸 뼈저리게 느낄 뿐이겠지."

슈지가 아라타를 향해 단호히 말한 뒤 테이블에 돈을 탕 올려두고 "그럼" 하고 발을 돌렸다.

리코는 그에게 손목이 잡힌 채 넘어질 듯이 끌려갔다.

"잠……, 잠깐. 슈지 오빠?"

"입 다물고 따라와."

낮은 목소리에 흠칫 몸이 움츠러들었다.

슈지는 리코의 손목을 잡은 채 한 마디도 하지 않고 걸었다.

"슈지 오빠, 기다려보라니까."

서두르는 기색도 없이 걷는 슈지였지만 리코보다 훨씬 키가 큰 탓에 리코는 반쯤 뛰어야 했다.

빠른 걸음걸이에 리코는 깨달았다.

'설마 슈지 오빠, 지금까지 나한테 속도를 맞춰주고 있던 거야……?'

뒤에서는 슈지의 표정이 보이지 않았다.

하지만 손목을 잡은 땀에 젖어 있는 손바닥이 슈지가 아까 카페까지 뛰어왔다는 사실을 전해줬다.

"저기……, 슈지 오빠, 회사는 어쩌고?"

불안함에 말을 걸자 슈지가 발을 딱 멈췄다.

"……끝내고 왔어."

"다행……이네, 앗……!"

리코는 갑자기 멈춘 슈지의 등에 부딪힐 뻔했다.

슈지가 발을 휙 돌려 리코 쪽을 돌아봤다.

"너 말이야."

리코를 향한 슈지는 미간을 한껏 구기고 있었다.

슈지는 꽤…… 아니, 엄청 화가 나 있었다.

"역시 너는 자각이 부족해, 내가 충고했잖아."

"자…… 자각, 이라니."

리코는 서슬이 퍼런 슈지 때문에 당황하면서도 자신의 안에서 툭 하고 뭔가 끊어진 것을 느꼈다.

"……나도 저번에 오빠가 한 말을 듣고 생각했어."

"……리코?"

"오빠보다 여섯 살이나 어리고, 취직도 안 했고, 오빠처럼 뭐든 잘하고 멋있고 어른스러운 사람이 관심 없는 게 당연할 만큼 어리단 걸 알아."

슈지는 놀란 듯 눈을 홉떴다.

"그래서 오빠한테 다가가려고…… 조금이라도 좋아해주길 바라서 인턴도 열심히 했는데……."

'안 돼, 이런 식으로 짜증을 내다니 이거야말로 애 같잖아.'

슈지가 입을 열지 않는 이유는 아마도 질려서일 것이다.

엎친 데 덮친 격으로 물기로 시야가 흐려져 리코는 말문이 막힌 채 고개를 떨궜다.

'역시, 질렸겠지…….'

울컥 조여 오는 목을 가다듬고 손등으로 눈물을 훔쳤다.

하지만 역시나 고개를 들지는 못했다.

"그런 게 아니야."

뜻밖에 상냥한 목소리가 흘러나왔다.

"⋯⋯어?"

슈지가 반사적으로 고개를 든 리코의 뺨을 쥐었다.

"익⋯⋯ 잠깐, 슈디 오바, 뭐 하는 거야⋯⋯!"

"그런 생각을 하고 있었다니. 진짜 둔하다, 너."

"응⋯⋯?"

"뭐 가만 생각해보면 네가 눈치챌 리가 없나. 내 실수야."

"내⋯⋯ 내가 뭘 눈치 못 챘다는 거야?"

"거봐, 전혀 모르잖아."

슈지는 리코의 뺨에서 손을 뗐다.

잡고 있던 곳을 달래듯이 슈지의 손이 볼을 감쌌다.

"상황을 모른다는 건, 네가 취직을 못 했다던가, 애 같다던가, 그런 게 아니야. 너도 이제 다 큰 여자니까 조심하라는 거야."

"조심하라고⋯⋯?"

아직 슈지가 하고 싶은 말을 정확히 이해하지 못한 리코가 앵무새처럼 말을 반복했다.

그러자 슈지가 웃음으로 표정을 누그러뜨렸다.

뭐가 우습냐며 의아한 표정을 짓는 리코의 앞머리를 슈지가 큰 손으로 쓸어 올렸다. 그리고 그대로 부드럽게 귀 옆의 머리카락을 손으로 빗어 내렸다.

"나 아닌 남자한테 무방비하게 웃지 말라는 소리야. 너 웃으면 어떻게 보이는지 전혀 모르지."

마주 보고 있는 슈지는 마치 사랑스러운 걸 보는 사람처럼 다정하게 눈이 휘어졌다.

"슈지 오빠……."

'혹시 슈지 오빠도…… 날 좋아해?'

좋아하는 사람이 자신을 똑바로 마주 봐주고 있었다.
대등한 존재로 자신을 이렇게 봐주고 있었다.

그렇게 의식한 순간 뺨이 훅 뜨거워졌다. 가만히 있지 못하
고 얼굴을 돌리자 슈지가 손으로 돌리는 얼굴을 막고 뚫어지
게 쳐다봤다.

"슈…… 슈지 오빠?"

"왜."

"내 얼굴에 뭐라도 묻었어……?"

"묻었어."

"진, 진짜? 뭐가?!"

손으로 얼굴을 가리려 했지만 부지불식간에 슈지가 허리를
안아 끌어당겼다.

"앗……."

리코가 기우뚱 균형을 잃을 뻔했지만 그가 가슴팍으로 받아
냈다.

자세를 바로잡지 못하는 리코의 턱을 슈지가 들어 올리자
시선이 높아졌다.

"네 얼굴은 말이야. 눈도 귀엽고, 코도 귀엽고…… 입술은 빼앗고 싶게 생겼어."

슈지가 엄지로 입술을 어루만졌다.

슈지의 단정한 얼굴이 점점 다가왔다.

'이건, 설마…… 키스?!'

리코는 눈을 꾹 감았다.

작게 웃는 소리에 리코가 감고 있던 눈을 떴다.

"……꺄."

촉, 하고 가벼운 소리가 나며 슈지의 입술이 이마에 닿았다.

"슈, 슈지 오빠……."

입술이 닿은 이마를 감싼 리코는 할 말을 잃었다.

허리를 감싸고 있던 팔이 풀리며 몸을 가만히 놓아주었다.

"봐, 넋 놓고 있지 마, 가자."

슈지가 리코의 손을 잡고 이번에는 익숙한 속도로 걷기 시작했다.

살짝 앞을 걷는 슈지의 넓은 등이 리코가 가는 방향을 가리켰다.

'그렇구나……. 내가 눈치채지 못했을 뿐이야.'

"저기 슈지 오빠."

"왜."

"배고파. 저번에 오빠가 결혼식 뒤풀이 때 가겠다고 했던 가게에 가볼래."

"……아아, 인턴도 끝났겠다, 너도 조금은 어른이 됐으니까."

건배할까, 라며 웃는 슈지를 보자 가슴이 행복으로 가득 찼다.

응이라는 대답 대신 리코는 손바닥에 닿은 온기를 꾹 마주 잡았다.

둘이서만 밤거리를 걷는 건 처음이었다.

가게까지 걷는 동안 마음이 기쁨으로 부풀었다.

리코는 슈지가 향하고 있는 앞을 봤다.

앞으로도 둘은 같은 길을 걸을 것이다.

오늘부터는 이렇게 손잡고.

앞으로 네게 수많은 만남이 있고,

네 인생이 조금이라도 더 풍성해지길 바라지만,

나 말고는 아무도 만나지 않아도 된다고도 생각해.

커튼으로 만든 드레스를 진짜 웨딩드레스로 만들어주고 싶다는 생각이 든 건 언제부터였을까.

손을 잡아 이끌던 꼬맹이는 어느새 아름다운 여자가 되었다.

함께 손을 잡고 들어가던 버진 로드의 끝에서 다른 누군가에게 손을 넘겨주고 싶지 않게 되었다.

진짜 드레스를 입은 그녀의 옆에 나란히 선 사람은 나여야 한다.

그녀의 옆을 걸을 때는 언제나 속도를 줄였다.

어린 시절부터 줄곧.

리코와 만나기로 약속한 주말은 장마가 갠다고 했다.

집까지 리코를 데리러 간 때는 아침이라고 하기에는 늦고 점심이라고 하기에는 이른 시간이었다.

현관 앞에서 어설프게 신발을 신는 모습을 보면 여전히 손을 내밀어 도와주고 싶어진다.

사실은 혼자서 할 수 있다는 사실을 알고 있으니까 지켜보는 것만으로 충분했다.

겨우 신발을 신은 그녀에게 말했다.

"가고 싶은 데 있어?"

살포시 웃은 그녀가 대답했다.

"같이 걷기만 해도 좋으니까 아무 데나 좋아."

나는 그녀의 손을 잡고 걸었다.

천천히 그녀에게 맞춰서.

하릴없이 길을 거닐고 싶어하는 그녀가 미소 짓는 얼굴로 가리키는 앞을 바라보면서.

성미가 급하고 합리주의자인 내가 이런 속도로 길을 걷다니 있을 수 없는 일이었다.

하지만 이 녀석과 걸으면 혼자서는 보이지 않던 풍경이 보인다.

그것도 나쁘지 않았다.

옆을 보니 언제나 그곳에 있는 미소가 내 쪽을 향했다.

미리 조사해둔 맛있는 브런치 가게로 데려가면,

이 녀석은 아마 더 귀여운 미소를 보여주겠지.

제4화

스타더스트
옐로우

사람을 좋아한다는 건 참 우습다. 깨닫고 보면 이미 시작되어 버렸으니까
'계기가 뭐였을까' 나중에 돌이켜봐도
'아아, 아마도 그때는 이미 좋아하고 있었나 봐.'
이 정도밖에 알 수 없어서 스스로도 어이가 없다.

적어도 그녀의 눈물을 본 순간
내가 그녀를 눈으로 좇고 있었다는 뜻이니까.
나는 이미 그녀를 좋아하고 있었던 거다.

줄곧 아무것도 될 수 없었다. 무엇인가가 되고 싶었다.
하지만…… 당신을 만나서 위를 바라보게 됐으니까.

위를 보자 별이 가득한 하늘이 보였다.
아무리 시간이 걸려도 언젠가 밝게 빛나는 별이 되고 싶다.
당신이 발견해주도록, 당신이 헤매는 어두운 길을 조금이라도 비출 수 있도록.

그러니까, 기다려.
되도록 빨리 널 따라갈 테니까.

"여름인데!"

1학기 기말시험이 끝난 친구…… 신도 아라타는 그렇게 탄식하며 책상에 털썩 엎드렸다.

"……왜 난, 너랑 쓸쓸하게 동아리 건물에 있냐."

"……그 말, 그대로 너한테 돌려주마."

신음하듯 말하는 아라타를 가는 눈으로 쳐다보며 유스케는 파이프 의자에 등을 기댔다.

3학년으로 진학하자마자 '여름방학 때까지 여자친구 만들 거야'라던 아라타였지만 그가 좋아하던 여자에게는 연상의 남자친구가 생겼다는 모양이었다.

아라타는 지금 현재 한참 실연의 상처를 치료하는 중이라고 했다.

'확실히 아라타의 말 대로긴 해.'

모처럼 찾아온 여름방학, 남자 둘이서 한 방에 있다고 가슴 두근거릴 일이 생길 리 없었다.

요스케는 멍하니 천장을 올려다봤다. 그곳에는 일단 천체관측을 주요 활동이라고 표방하는 동아리답게 종이로 만든 고리 달린 토성이 매달려 있었다.

유스케와 아라타가 속한 동아리는 느긋하기로 유명한 천문 동아리였다. 활동은 밤새도록 밤하늘을 쳐다보면서 술을 마시며 수다만 떠는, 실로 무사태평한 모임이었다.

그 증거로 벽에 걸린 화이트보드에는 다음과 같이 쓰여 있었다.

'여름방학 예정, 합숙 외에는 자율 활동~! 회식 일정은 그때그때 연락합니다.'

의욕이 없다기보다는 모두 자유분방했다.

'뭐……, 한 명만 **빼고.**'

좋게 말하면 느긋하고 정확히 말하자면 건성인 녀석들의 모임이 간신히 천문 동아리라는 테두리를 지킬 수 있는 이유는 '그녀' 때문이었다.

잊히지도 않는 2년 전…….

유스케가 새내기로 대학에 들어왔을 무렵.

"너, 1학년이니?"

뒤를 돌아보니 그렇게 말을 건 그녀가 긴 머리를 봄바람에 흔들리며 서 있었다.

"네? 아, 네……."

'예쁘다…….'

유스케는 넋을 놓고 그녀를 쳐다봤다.

학기 초, 신입생 오리엔테이션 기간 중 오전에 일어난 만남이었다.

그녀의 머리카락은 햇빛을 반짝반짝 반사했다……. 분주한 아침에도 불구하고 이렇게 머리를 단정히 정돈하는 사람이라니 엄청 성실해 보여서 좋다고 멍하니 생각했다.

"잘 됐다! 너 천체 관측에 관심 없니?"

그녀가 유스케에게 내민 것은 별이 그러진 전단지였다. 천문 동아리 가입 권유라는 사실을 그때 알았다.

"아니요, 저, 동아리는……."

아르바이트할 생각이라 동아리에 가입할 생각은 없어서.

그렇게 말하려던 참에 그녀의 말이 가로막았다.

"천체 관측에 관심이 없었던 사람도 많으니까 금방 익숙해질 거야. 나도 그렇게 자세히 아는 건 아니고. 그래도 꽤 재미있어, 모두 다 같이 모여서 와자지껄하게 별 보는 거."

빙긋 웃는 그녀의 얼굴에 가슴이 두근거렸다.

……어라, 방금.

자신의 반응을 이해할 겨를도 없이 그녀가 유스케에게 건넨 전단지를 가리켰다.

"괜찮으면 신입생 환영회만이라도 참석해봐. 집합 장소랑 시간은 전단지에 쓰여 있으니까……."

지근거리에서 기다란 속눈썹이 깜빡이니 사락사락 소리가 날 것 같았다.

고개를 숙인 뺨에 긴 머리가 사라락 흘러내렸다. 흘러내린 머리를 가는 손가락이 빗어 올리자 까만 머리카락이 은하수처럼 반짝였다.

"저, 저기."

"?"

그녀는 갑자기 목소리를 높인 유스케 때문에 놀랐다.

"그게……."

말을 걸긴 했지만 유스케는 어쩔 줄을 몰라 전단지를 쳐다 봤다.

그녀가 이 동아리의 멤버구나라는 생각이 든 순간 불쑥 말이 튀어나왔다.

"들어갈게요."

"어?"

"아……, 그게 아니라, 어, 저기, 신입생 환영회! ……저도 가도 될까요?"

갈팡질팡하는 유스케에게 그녀는 눈을 깜빡였다.

하지만 잠시 뒤 활짝 웃으며 유스케에게 말했다.

"당연히 환영이지. 난 2학년……."

"어? 나나 선배?"

아라타의 목소리가 유스케를 현실로 되돌려놨다.

그의 시선을 쫓아가니 동아리방 입구에 '그녀'가 서 있었다.

"오랜만이네, 아라타랑 유스케."

"나, 나나 선배!"

유스케는 벌떡 일어났다가 당황해서 다시 파이프 의자에 앉았다.

아라타도 의자에서 몸을 일으켜 새삼스럽다는 듯 나나에게 말했다.

"웬일이세요? 4학년은 이미 시험 끝나지 않았어요?"

"응, 시험은 끝났어. 오늘은 도서관에 온 거야."

그렇게 대답하면서 나나는 가지고 있던 책을 살짝 들어 올렸다.

"그렇구나, 역시 똑똑한 사람은 다르네요. 그렇지, 유스케?"

"뭐?! 아, 으응……."

아라타가 이쪽을 보며 빙글빙글 웃는 이유는 유스케의 마음을 알고 있기 때문이었다. 뜨거워지는 뺨을 감추려고 아래로 고개를 숙이니 일부로인 듯한 아라타의 목소리가 들렸다.

"음, 목이 마르니까 난 마실 거라도 사 와야지!"

"잠……, 아라타!"

유스케는 방을 나가려던 아라타를 불러 세웠다.

'이 자식, 나랑 나나 선배랑 둘만 남겨놓을 셈이야.'

유스케가 작은 목소리로 아라타에게 속삭였다.

"너 말이야, 이상한 배려 하지 마."

"뭐가, 찬스잖아? 여름방학이라고? 여기서는 일단 남자답게 고백하라고."

"뭣……!"

얼굴에 확 불이 붙은 것 같은 기분이었다.

전신의 피가 뺨에 몰리지 않았을까.

그런 착각을 하고 있는 사이, 눈을 내리뜬 나나의 표정에 유스케의 시선이 머물렀다.

'……나나 선배, 아직도 기운이 없네.'

유스케는 불현듯 아라타를 찌르려던 손을 멈췄다.

그 순간 동아리방 문이 쾅 열렸다.

자신과 마찬가지로 시험이 끝난 부원들이 우르르 방으로 들어왔다.

"아, 나나 선배, 안녕하세요!"

후배들의 목소리에 나나가 순식간에 표정을 고쳤다.

"시험 끝났어? 고생했어."

미소 짓는 얼굴에는 아까까지 있던 우울한 그림자는 어디에도 없었다.

후배 여학생이 가방에서 노트를 꺼내 나나에게 건넸다.

"나나 선배가 준 노트, 진짜 알기 쉽게 정리되어 있었어요!"

"정말? 다행이다."

"네! 덕분에 시험도 잘 봤어요. 감사합니다."

뭐라도 보답하게 해달라는 후배의 말에 나나는 "좋아" 하고 미소로 응했다.

"그럼 다음에 영화 같이 볼래? 보고 싶은 영화가 있어서."

"당연하죠! 언제 갈까요?"

예이, 나나 선배하고 데이트다, 라며 호들갑을 떠는 후배를 나나가 생글거리며 바라봤다.

다정한 사람은 누군가에게 무언가를 해줬을 때 상대가 '미안'하다고 느끼지 않도록 하는 능력을 지녔다.

평소라면 유스케도 그렇게 행동하는 나나를 보고 어른스럽구나, 나도 저렇게 능숙하게 사람을 대하고 싶다고 생각했으리라.

하지만…….

'역시 완벽하단 말이지…….'

유스케는 복잡한 심경으로 나나를 바라봤다.

나나는 지금 처음 만났을 때처럼 변치 않는 똑부러진 선배로서 행동하고 있었다.

2년 전 어느 날, 나나가 제안한 신입생 환영회에 참석한 유스케는 결국 가입 권유를 거절하지 못하고 동아리에 들어갔다. 대학 학부조차 '왠지 흥미로워서'라는 이유만으로 선택했다. 우유부단한 성격 탓이었다.

하지만 전문 동아리에서 보내는 시간은 나름대로 즐거웠다.

그리고 최근 2년이 조금 넘는 시간 동안 유스케가 봐온 나나는 똑똑한 노력가로 대학 세미나에서도 시험에서도 누구보다 좋은 성적을 냈다.

……이렇게 완벽한 사람 옆에 나란히 설 수 있을 것 같지가 않아.

동아리에 들어가자마자 그런 생각이 든 것도 무리는 아니었다.

하다못해 하나라도 나나와 어울릴 만한 요소가 자신에게 있었으면 했다.

그래서 공부도 아르바이트도 열심히 하고 있지만 우유부단함 탓인지 어딘가 어중간했다.

유스케는 부원들과 대화를 나누는 나나에게 흘끔 하고 시선을 줬다.

……사실은 울 줄도 아는 사람인데.

완벽한 그녀에게 눈물 따위는 어울리지 않는다고 생각했었다.

뭐든 할 수 있는 사람이니까 울지도 않는 사람이라고.

하지만 그것이 그저 착각이라는 사실을 아는 지금은 밝은 미소가 단순히 강한 척으로 보였다.

뭐라 설명할 수 없는 기분이 된 유스케가 주머니에 손을 넣었다.

유스케가 휴대폰을 꺼내 메시지를 보냈다.

'나나 선배, 약속 기억해요?'

송신 버튼을 누르자 나나가 주머니에서 휴대폰을 꺼냈다.

화면을 확인한 순간 그녀가 깜짝 놀라며 유스케를 쳐다봤다.

고개를 끄덕여 보이자 나나가 다시 액정으로 고개를 향했다.

곧이어 유스케의 휴대폰으로 메시지가 왔다.

나나가 보낸 메시지였다.

'기억하고 있었구나?'

'당연하죠. 이건 〈사귀면 하고 싶은 일〉 중에 〈3번〉이잖아요.'

사귀면 하고 싶은 일, 3번…….

모두가 있는 자리에서 몰래 메시지를 주고받기.

그녀가 만들었던 리스트 중 세 번째 항목이었다.

……시험이 끝나고 여름방학이 되면 리스트에 있는 항목을 전부 해보자.

나나와 그렇게 했던 약속을 유스케가 잊을 리 없었다.

유스케의 답장을 읽은 나나가 고개를 들고 이쪽을 보며 옅게 웃었다.

'비밀 메시지라니 역시 두근거린다.'

나나의 답신에 나나가 자신에게만 진심을 보인다는 느낌을 받았다.

몇 차례 나나가 눈을 깜박거리는 동안 유스케와 시선이 마주쳤다. 그리고 다음 순간에는 이미 부원들과의 대화로 돌아가 있었다. 하지만 유스케에게는, 줄곧 나나를 지켜봐 온 유스케에게만큼은 그녀의 미세한 표정 변화가 보였다.

방금 메시지를 받은 직후부터.

부원들과 농담을 주고받으면서도 즐거운 기색이 담긴 나나의 표정을 본 것만으로 유스케의 마음이 애절하게 조여들었다.

나나와 유스케가 그 기묘한 약속을 나눈 건 지금으로부터 약 한 달 전이었다.

유월의 어느 날, 시험을 앞두고 서로 격려하는 차원에서 부원들끼리 술이나 한잔 마시자며 플라네타륨 감상을 구실로 모였다.

이 모임을 기획해준 사람은 언제나처럼 나나였다.

그녀가 이렇게 플라네타륨 감상이나 천체 관측회를 기획해준 덕분에 자신들은 천문 동아리로서 외양을 유지했다.

하지만 부원들 역시 그야말로 별처럼 많은 동아리 사이에서 이 동아리를 고른 사람들이었다.

"저 상영 프로그램이 좋을 것 같아."

"아니, 난 이거."

플라네타륨을 싫어하는 부원은 당연히 없어 막상 천문관에 도착하면 이렇게 옥신각신한 끝에 자리에 앉아, 상영관이 어두워질 즈음에는 모두 아이들처럼 설레는 표정으로 천장 스크린을 올려다봤다.

유스케가 이상함을 느낀 것은 프로그램이 상영 중일 때였다.

스크린을 보고 있던 유스케의 시야 한구석에서 무언가가 반짝였다.

'……유성인가?'

프로그램은 유성군 소개도 포함하고 있었다. 하지만 그때는 계절 성좌에 대한 설명이 진행되고 있었고 유성이라고 해도 스크린에서 거리가 너무 떨어진 위치였다.

게다가.

그쪽 방향에는 나나가 앉아 있을 터였다. 입부했을 때부터 그녀를 눈으로 좇는 건 어느새 유스케의 버릇이 됐다.

뭐지, 유스케는 어둠 속을 응시했다.

그리고 깜짝 놀랐다.

나나가 울고 있었다.

유성이라고 생각한 것은 하얀 뺨에 떨어진 물방울이었다.

떨어진 자리에서 보고 있자니 어두운 플라네타륨에서 그녀의 눈에 가득 찬 눈물이 마치 별처럼 흐르듯 나나의 뺨을 타고 흘러내렸다.

다른 부원들은 스크린에 집중하는 중이라 아무도 눈치채지 못했다.

그 사실에 다소 안도감을 느끼면서도 유스케는 안절부절못했다.

언제나 활기찬 나나가 울고 있었다.

유스케는 이후 상영 시간 내내 그녀만 쳐다보고 말았다.

상영이 끝날 즈음에는 나나도 눈물을 그친 듯했다.

하지만 밝아진 조명 아래서 보니 나나의 뺨에는 눈물 자국이 남아 있었다.

"……괜찮으세요?"

유스케가 작은 목소리로 물은 이유는 그녀가 아마도 울었다는 사실을 아무에게도 알리고 싶어하지 않으리라 여겼기 때문이다. 모두에게 위로받고 싶었다면 어차피 나중에 갈 술자리에서 마음껏 울면 될 일이었다.

"응……?"

나나는 나나대로 누군가에게 들켰을 줄은 몰랐다. 아주 잠깐이었지만 흠칫 어깨를 움츠렸다.

유스케는 손수건을 들고 다니지 않은 것을 지금처럼 후회해 본 적이 없었다.

아무리 그래도 소매로 얼굴을 닦아주지도 못하니 "여기 자국 났어요" 하고 자신의 눈가를 가리킬 수밖에 없었다.

"봤구나."

나나가 가방에서 손수건을 꺼내 눈가를 슥 닦았다.

"꼴사납지. 남들 앞에서 우는 모습 보이고 싶지 않았는데."

한숨처럼 말한 나나의 목소리는 아주 살짝 갈라져 있었다.

"꼴사납지는…… 않았어요."

'실수였을까.'

줄곧 그녀를 바라봤다는 사실을 들켰을지도 모른다.

하지만 그런 걸 신경 쓸 여유가 없었다.

"혹시 어디 안 좋으세요?"

"아니, 괜찮아."

나나는 드물게 체념한 듯한 미소를 지었다.

"몸은 괜찮지만…… 회식은, 갈 만한 기분이 아니야."

……유스케만 괜찮으면 같이 빠질래?

그 말을 듣고 유스케가 설레지 않은 이유는 나나의 표정 때문이었다.

무척이나 연약해 보이는 미소에 유스케는 가슴이 아팠다.

유스케는 원래 가기로 했던 회식 자리를 이런저런 핑계를 대고 거절했다. 나나와 유스케는 각자 부원들의 손을 빠져나와 동아리에서 자주 가는 술집들과는 거리가 먼 카페에서 만났다.

나나는 아이스티를 마시며 차근차근 사정을 설명했다.

"……나, 좋아하는 사람이 있어."

엉겁결에 실연당했다.

충격으로 말을 잃은 유스케가 이상했는지 "아니야, 지금이 아니라, 예전에"라며 손을 저었다.

"아……, 그렇군요……."

그렇다고 받은 상처가 없어지지는 않았지만 다소 얕은 상처로 남을 듯싶었다.

"좋아했던 사람……, 재작년에 졸업한 동아리 선배니까, 유스케는 모르지?"

나나는 그녀보다 세 살 많은 선배의 이름을 언급했다.

하지만 그 선배는 유스케가 직접 알지는 못해도 유스케 같은 저학년생들에게도 이름이 알려진 남자였다.

"2학년도 그 선배 알아?"

나나가 눈을 크게 뜨며 되물었다.

"알죠. 얼굴도 잘생겼고 성적도 좋고 인기도 많은 데다가 취직도 1지망이었던 대기업 출판사로 했다고 들었어요. 완벽한 사람이네요."

유스케는 그렇게 말하면서 뭔가 어딘가에서 들어본 설정이라고 퍼뜩 깨달았다.

그 완벽함은 나나를 닮아 있었다.

"맞아. 완벽한 사람이었어."

나나가 유리잔 안에 빨대를 휘젓자 얼음이 청량한 소리를 냈다.

"완벽한 사람을 따라잡으려고…… 1학년 때는 나도 꽤 노력했어."

이야기를 들어보니 나나도 원래 천체에 관심이 있었던 사람은 아니라고 한다.

유스케와 마찬가지로 어쩌다 들어온 이 동아리에서 선배를 만나 별에 대한 이야기를 듣다가 그를 존경하게 됐고 결국은 좋아하게 됐다고 한다.

"방학이면 책만 들고 혼자서 별을 보러 가는 사람이었어. 지금 생각하면 그때까지 주변에 없던 타입이라 동경했던 것뿐일지도 모르지만."

나나는 예전을 그리워하듯이 쿡쿡 웃었다.

"그래서 얼마 전에 고백하고 차였어."

"차였다고요……?"

"응, 3개월 전인가. 잊자, 잊어야지, 그렇게 생각하고는 있는데……."

그럼에도 잊지 못했다는 건 그녀의 행동만 봐도 명백했다. 그 사람이 생각나서 눈물 흘리고 아직도 그의 뒷모습을 좇아 여전히 완벽해지려고 한다.

"뭔가 잘 안 되네. 오늘도 플라네타륨에서 유성군을 본 것만으로 그때 감정이 떠올라버려서."

익살맞은 척 말하는 나나를 유스케는 더는 참을 수 없었다.

"나나 선배가 차였다니 못 믿겠어요. 이렇게나 단점 없이 완벽한데."

유스케가 마음속 말을 어떻게든 말로 내뱉었다.

"그렇구나. 그렇게 보인다니 다행이네. 선배한테 조금은 가까워졌다는 걸까."

나나는 코스터 위에 컵을 내려놓고 유스케를 쳐다봤다.

"그래도…… 단점이 없는 사람은 분명 없을 거야."

나나가 속 시원한 표정으로 웃자 유스케는, 아아, 정말 단점이 없는 것처럼 보이는 사람이구나, 하고 감탄했다.

그때부터는 나나도 뭔가 떨쳐낸 사람 같았다.

명랑한 태도로 자질구레한 화제를 잔뜩 늘어놨다.

모두와 헤어진 밤, 단둘이 카페에서 시시한 이야기를 하며 마주 웃었다.

단지 사소한 이 상황이 참을 수 없이 사랑스럽게 느껴져 계속 이대로 날이 밝지 않았으면 좋겠다는 우스운 생각을 했다.

하지만 시간은 무정했다.

유스케와 나나는 폐점 시간이 된 카페 밖으로 나왔다.

어제까지 내리던 비가 뚝 그친 밤이었다.

밤공기는 다소 눅눅했다. 에어컨으로 차가워진 몸에 닿은 풀냄새가 밴 미적지근한 바람이, 지금만큼은 기분 좋았다.

걷기 시작한 유스케와 나나는 천문 동아리 부원답게 나란히 밤하늘을 올려다봤다.

군청색 하늘 꼭대기에는 북극성에서 목동자리의 아르쿠투르스와 처녀자리의 스피카를 잇는 봄의 대극선이 떠오르고 있었다. 거문고자리의 베가, 백조자리의 데네브, 독수리자리의 알타이르로 이뤄진 여름의 대삼각형이 보이기 시작하는 동쪽 하늘은 계절이 여름으로 바뀌고 있음을 알렸다.

천천히 걸으며 나나가 말했다.

"이제 곧 페르세우스자리의 유성군이 보일 시기네."

"그러네요. 올해는 분명 해 뜨기 전 새벽이 관측 최적기라고 하던데요."

유스케가 대답하자 나나도 "맞아" 하고 고개를 끄덕였다.

몇 발자국 앞에 시선을 떨어뜨린 나나가 우물우물 작은 목소리로 말했다.

"……아아, 유성군, 올해야말로 보러 가고 싶었는데……."

"……?"

혼잣말 같은 중얼거림이었다.

유스케가 그 작은 중얼거림을 들을 수 있었던 이유는 온 신경을 나나에게 기울이고 있었기 때문이다.

'뭐지? 말에서 위화감이…….'

유스케는 의아함에 고개를 갸웃거렸다.

올해 페르세우스자리의 유성군을 보려면 아직 2개월이나 남았다.

그만큼 시간이 있으니 행동력이 뛰어난 나나라면 손쉽게 동아리 부원을 모아 관측 여행을 계획할 터였다.

게다가 그런 여행을 계획하지 않더라도 페르세우스자리 유성군은 집에서도 잘 보였다.

유스케는 나나가 낙담하는 이유를 알 수 없었다.

그러자 나나도 이쪽의 시선을 눈치챈 듯했다.

"미안, 영문 모를 소리를 해서."

나나가 쑥스러운 듯 말했다.

"나, 짝사랑을 너무 길게 해서 망상 리스트를 만들었어."

"리스트……요?"

"응. 선배랑 사귀게 되면 하고 싶은 일, 하고 싶은 데이트를 나열한 리스트."

차여버렸는데, 하고 나나가 밤하늘을 올려다봤다. 유스케도 덩달아 하늘을 쳐다봤다.

"……별이 빛을 발하면 지상에 닿기까지 몇 년이나 걸린다고 하잖아."

"……그렇다죠."

유스케는 나나가 한 말의 의도를 파악하지 못해 애매하게 맞장구쳤다.

원래 유스케에게는 별 보기라는 로맨틱한 취미가 없었다.

그런데도 이 동아리에 들어온 다음부터는 조금이라도 나나와 공통된 화제가 생기지 않을까 싶어 나름대로 공부했다.

밤하늘에 떠 있는 별은 대부분이 4광년 이상 떨어진 별이었다.

빛이 1년 동안 가는 거리가 1광년이니까 지금 자신들이 보고 있는 빛은 4년 이상은 지난 빛이었다.

피부로 열기가 느껴질 정도로 강한 태양 빛조차 지표에 닿는 것은 8분 전의 빛이라고 한다.

땅에 서 있는 자신에게 보이는 희미한 별빛……. 그것은 지금보다 몇 년, 몇 백 년, 몇 만 년, 몇 억 년 전, 아득히 먼 과거의 빛이었다.

나나는 별을 잡기라도 하려는 듯 밤하늘을 향해서 손을 뻗었다.

"반짝이는 사람을 동경해서 나도 저렇게 되고 싶다고 생각했지만…… 열심히 빛을 발했어도 선배가 있는 곳에 닿기에는 시간이 부족했나 봐."

나나의 손이 덧없이 하늘에 흔적을 그리다 툭 떨어졌다.

"……이제 와서 이런 말 해봤자 늦었지만."

"나나 선배……."

가라앉은 목소리로 말하는 나나에게 유스케는 어떻게 말을 걸어야 할지 알 수 없었다.

나나는 생각을 떨친 듯 옆에 선 유스케에게 미소를 보였다.

"미안해, 우울한 소릴 해서."

"아니요, 별로. 그건 괜찮아요."

……늘 미소 짓는 사람에게 '울어도 된다'고 말하면 곧바로 울어버릴지도 몰랐다.

나나의 웃는 얼굴은 유스케에게 그런 상상을 하게 했다.

어떻게든 이 흐려진 미소를 다시 밝게 하고 싶다……, 그렇게 생각했을 때는 이미 말이 먼저 입에서 툭 튀어나왔다.

"그 리스트 상대 제가 하면 안 돼요?"

"……뭐?"

놀랐는지 눈을 크게 뜬 나나를 보고 유스케가 아차 싶었지만 이미 늦었다.

유스케의 등줄기로 식은땀이 흘러내렸다.

망했다……. 이건, 망했어.

이건 '나를 남자친구로 삼아주세요'라는 말이나 다름없었다.

게다가 나나는 전설급으로 완벽한 선배에게 반했던 사람이었다.

아무 장점도 없는 자신 따위가 고백한다고 해도 곤란할 뿐이었다.

'어떻게든 얼버무려야 해.'

유스케는 머리를 쥐어뜯을 기세로 생각했다.

눈앞의 나나가 자신을 의아한 눈으로 바라봤다.

꿀꺽 침을 삼킨 유스케의 머릿속에 하늘의 계시가 떨어졌다.

"저기…… 그, 자기 성취적 예언이에요!"

"자기…… 뭐라고?"

의문에 찬 나나가 고개를 기울였다.

유스케는 일반교양 수업에서 배운 용어를 필사적으로 끄집어냈다.

"음, 그러니까, 자기 성취적 예언이라는 건 '이런 일 생길 거야'라고 생각하고 행동하면 실제로 그 상황이 실현된다……는 말인데."

"그래?"

나나는 커다란 눈을 굴리며 호기심 어린 표정으로 유스케의 얼굴을 바라봤다.

"그거, 무슨 용어야?"

"사회학이요."

유스케는 자신만만하게 대답한 다음 왠지 모르게 불안해졌다.

"……어라? 사회학 맞지? 아닌가? 심리학이었나……."

결국 자신의 어설픈 지식을 드러내버린 유스케가 당황했다.

나나처럼 자신도 완벽해지고 싶었는데. 이런 기회가 있을 줄 알았더라면 제대로 복습해둘걸 그랬다. 어째서 자신은 언제나 완벽하지 못할까.

이제 와서 이런 소릴 해도 늦었다.

'……어라?'

딸깍, 뭔가 열쇠가 딱 맞아 들어간 기분에 유스케가 문득 움직임을 멈췄다.

왜 그런 기분이 들었는지는 알 수 없었다.

그리고 옆에 있던 나나가 가볍게 웃었다.

"유스케 재미있네."

'아, 웃었다.'

나나의 웃는 얼굴을 보고 있으면 행복했다.

웃으면 예쁜 사람이라 더 웃게 해주고 싶었다.

"어쨌든 무슨 학문인지는 잊어버렸지만, 마음먹고 행동하면 마음먹은 대로 결과가 따라온다는 이론이에요."

완전히 득의양양해진 유스케가 앞뒤 따지지 않고 나나를 격려했다.

"나나 선배가 짝사랑을 떨쳐내고 다음 사랑을 하려면 '사귀면 하고 싶은 일'을 실행해보면 되는 거예요. 진짜 애인이 생길 때까지 제가 임시 애인 역 해드릴게요."

"그런가."

나나는 다시 우습다는 듯 어깨를 떨었다.

"유스케는 불편하지 않겠어? 아무리 임시라도 애인 역이라니."

"불편하다뇨, 그럴 일 없어요! 거기다……."

"거기다?"

"그게…… 나나 선배가 모처럼 짠 데이트 계획인데 아깝잖아요……."

말하는 도중에 부끄러워진 유스케가 말끝을 흐렸다.

좋아하는 사람이 생각해낸 데이트였다. 본인이 그 데이트를 하고 싶지 않을 턱이 없었다. 하지만 대놓고 그렇게 말할 용기가 없어서 핑곗거리도 되지 않을 말을 해버렸다.

'임시 애인 역이라니, 도대체가……'

쥐구멍에라도 들어가고 싶은 심정이었다.

유스케가 부끄러움에 몸을 움츠리자 옆을 걷던 나나가 후후 웃었다.

"죄, 죄송해요……. 뭔가, 이상한 소릴 해서."

아름다운 활처럼 휜 눈가에는 아까 같은 쓸쓸함이 보이지 않았다.

유스케는 그 사실에 안도의 한숨을 쉬었다.

"고마워, 유스케."

기분 탓인지 명랑하게 들리는 말투로 나나가 말했다.

"아니요, 그런……."

"유스케랑 함께라면 '사귀면 하고 싶은 일' 해보고 싶을지도 모르겠어."

"아……, 네?"

나나가 한 말이 믿기지 않는 유스케가 입을 떡 벌렸다.

걸음을 멈춘 나나를 따라 유스케도 발을 멈췄다.

밤하늘 아래서 나나가 살포시 웃고는 유스케의 얼굴을 올려다봤다.

"여름방학이 되면, 데이트할래? 사귀면 하고 싶은 일 리스트대로."

……데이트할래?

이 말이 애인 사이의 데이트를 의미하지 않아도 상관없었다.

밤하늘처럼 깊은 색인 나나의 눈동자에 자신의 모습이 비쳤다.

좋아하는 사람이 자신을 똑똑히 봐주고 있었다.

"아……. 넷, 물론이죠, 기꺼이!"

머릿속이 새하얘진 유스케가 종업원 같은 대답을 했고 나나는 또 웃었다.

나나가 마음껏 웃길 바랐다.

좋아하는 사람이 웃어준다면 하늘에서 떨어지는 별똥별과 반대로 자신은 하늘로 솟아오를 것 같았다.

여름이 끝나기 전까지 하고 싶은 일 세 가지를 말하라면.

그건,

사랑,

사랑,

그리고 사랑밖에 없었다.

그런 대화를 한 뒤 귀가한 유스케의 휴대폰에 나나의 '사귀면 하고 싶은 일'이 주르륵 써진 메시지가 도착했다.

　1. 장보기 데이트. 사고 싶은 물건을 사고 카페에서 한가하게 시간 보내기.

　2. 둘이 좋아하는 음식 먹고 걷기.

　3. 모두가 있는 자리에서 몰래 메시지 주고받으면서 들킬까 봐 조마조마해 보기.

　4. 아르바이트 끝나면 데리러 와주고 손잡고 걷기.

　5. 여름이면 유카타 입고 축제 가기, 겨울이면 크리스마스 기념으로 저녁 먹기.

　6. 바다로 드라이브 가기.

　7. 집에서 데이트. 영화 보면서 직접 만든 요리 먹여주기(메뉴는 검토 필요).

　8. 조금 어른스럽게, 바에 가보기.

　9. 놀이공원에서 하루 종일 놀기!

망상 리스트라고 해서 어떤 내용일까 했더니.

의외로 평범한 데이트구나 싶어 절로 흐뭇해졌다.

리스트의 마무리, 열 번째에는 그녀가 중얼거린 소원이 적혀 있었다.

　10. 둘이서 유성군 보기.

머리에 떠오르는 유성군은, 천문 관측 팬들 사이에서 여름 방학 동안 일대의 이벤트로 여겨지는 팔월 중순의 페르세우스 자리 유성군이었다. 올해의 극대일……, 별이 가장 많이 떨어지는 밤은 날이 밝기 직전이라 달빛의 영향도 사라져 양호한 조건에서 관측이 가능하리라고 한다.

별이 떨어지는 밤까지 남은 시간은 시험이 끝난 칠월 중순부터 약 한 달.

나나와 유스케의 '사귀면 하고 싶은 일' 리스트 실행은 시험이 끝난 날, 부실에서 '3. 모두가 있는 자리에서 몰래 메시지 주고받으면서 들킬까 봐 조마조마해 보기'부터 시작해 착실히 진행됐다.

두 사람은 간단하게 협의한 뒤 남은 리스트를 1번부터 순서대로 실행하기로 했다.

리스트 1번인 장보기 데이트는 나나가 세일하는 매장에 가고 싶어서 함께 갔다.

유스케는 여자와 장보기 데이트를 해본 적이 없었다.

그렇지 않아도 같이 가는 이가 좋아하는 사람이었다.

유스케는 중요한 건 '어디를 가느냐'보다 '누구와 가느냐'라는 사실을 깨달았다.

장을 보는 곳 자체는 친구들과 몇 번이나 갔던 장소였다. 그런데도 불구하고 데이트 날짜와 시간을 정한 때부터 몹시 설렸다.

덕분에 약속 당일에 그만 늦잠을 자는 바람에 만나기로 했던 장소에 도착한 순간 나나가 뻗친 머리를 보고 웃었다. 전날 밤 좀처럼 잠들지 못했다고는, 소풍을 목 빠져라 기다리는 어린애 같아서 도저히 말할 수 없었다.

그 다음 주에는 리스트 2번, 중화 거리에서 먹고 걷는 데이트를 했고, 리스트 3번은 실행 완료.

중화 거리에서 데이트를 한 날로부터 사흘 뒤에는 나나가 아르바이트를 하고 있는 편집숍으로 나나를 데리러 갔다.

나나의 일이 끝난 것은 저녁 아홉 시가 넘어서였다.

집으로 돌아가는 길에 가볍게 밥을 먹고 나나가 사는 아파트까지 나란히 걸었다.

같이 걷기만 하는 거라면 플라네타륨에서 돌아올 때와도 같은 상황이었다.

하지만 리스트 4번의 미션은 '아르바이트 끝나면 데리러 와서, 손을 잡고 돌아가기'였다.

'손…… 진짜로 잡아도 될까.'

유스케는 흘깃 나나를 살폈다.

무구한 이야기를 하며 웃는 옆모습으로는 그녀의 본심을 알 수 없었다. 둥실둥실 흔들리며 망설이는 마음이 닿을 듯 닿지 않는 자신의 새끼손가락과 그녀의 새끼손가락 사이의 거리 같았다.

선배와 후배, 그 이상.

일정한 선을 넘어도 된다는 확신이 없어서 망설였다.

'그래도…….'

……사람들한테 우는 모습 보이고 싶지 않았는데.

눈물을 보인 그녀를 보고 지금까지 나나가 진심을 숨겨왔다는 걸 깨달았다.

……이제 와서 이런 말 해봤자 늦었는데.

울어버릴 것 같으면서도 강한 척하던 그녀의 웃음이 지금도 뇌리에 떠올랐다.

'……그래.'

자신은 나나가 좋아했던 선배와 비교하면 이렇다 할 장점도 없고 여자를 대하는 법도 분명 서툴렀다. 영리한 사람도 아니었다.

하지만 유스케는 플라네타륨에서 돌아오던 길에 나나가 지어주었던 미소를 떠올렸다.

……고마워, 유스케.

'웃어줘서, 기뻤어.'

나나가 활짝 웃으면 마치 자신이 웃은 것처럼 행복했다.

이 사람을 더 행복하게 해주고 싶다는 마음은 진심이었다.

"저기."

마음을 정한 유스케가 발을 멈췄다.

몇 발자국 앞서 걷던 나나가 멈춰 서서 유스케를 쳐다봤다.

"손……, 잡아도 돼요?"

유스케가 가진 것은 이 진솔한 마음뿐이었다.

그러니 그 마음을 나나에게 정면으로 부딪치자고 결심한 것이다……. 또 어중간한 짓을 하고 나중에 '늦었다'고 말하고 싶지 않았다.

천천히 두세 번 눈을 깜빡이 나나를 유스케는 마른침을 삼키며 지켜봤다.

"당연히 되지. ……고마워."

유스케는 편안한 미소에 이끌려 나나의 손을 잡았다.

처음 닿은 나나의 손은 촉촉했고, 부드러웠고 조금만 힘을 주어 쥐면 부서질 듯 연약했다.

'손이 가늘어…….'

꽉 쥐어서 망가트리지 않도록 살짝만 힘을 줘 그녀의 손을 다시 잡았다.

그러자 이번에는 나나가 손에 꽉 힘을 줘서 두 사람의 손이 단단히 이어졌다.

왠지 부끄러워진 두 사람은 누가 먼저랄 것도 없이 밤하늘을 올려봤다.

동쪽 하늘에서 다른 별보다 한층 밝게 보이는 별은 거문고자리의 베가, 그리고 독수리자리의 알타이르였다.

"……앗."

나나가 하늘을 가리켰다.

"유스케, 봤어? 별똥별이야!"

"엇, 어디요?"

나나가 가리킨 방향으로 유스케가 시선을 돌렸다.

"저쪽!"

나나가 잡은 손을 끌어당기자 두 사람의 거리가 단숨에 팔이 닿을 만큼 가까워졌다.

"……!"

딱 마주친 시선을 먼저 피한 것은 나나였다.

고개를 숙인 나나의 목덜미가 붉은 칠을 한 듯 옅게 물들었다.

"죄…… 죄송해요……!"

"나, 나야말로…….."

서로 얼굴을 볼 용기가 없었지만 손을 놓지 못한 채 어찌할 바를 몰랐다.

'어……어쩌지, 이 상황…….'

완전히 당황한 유스케에게 나나가 먼저 말을 꺼냈다.

"저……기, 유스케."

"……네?"

유스케도 어색하게 대답했다.

"내일모레, 일요일에 불꽃놀이가 있잖아? 거기, 같이 가지 않을래?"

"……아아."

리스트 5번인 '여름이면 유카타 입고 축제 가기, 겨울이면 크리스마스 기념으로 저녁 먹기'는 지금이 여름이니까 유카타를 입고 축제에 가려는 거겠지.

"같이 가요."

유스케가 고개를 끄덕이자 나나는 아직 희미하게 장밋빛으로 물든 뺨으로 웃었다.

"나 유카타 입고 갈게."

"……기대할게요."

잡고 있는 손끝이 자연스럽게 얽혔다.

"주말 맑았으면 좋겠네요."

나나와 있으면 하늘을 보는 횟수가 많아진다.

혼자 있을 때보다 훨씬 높은 곳에 눈이 가게 된다.

여름의 대삼각이 하늘 꼭대기에 올라가려는 참이었다.

별빛 가득한 여름 밤하늘은 이제부터가 시작이었다.

……그렇다고는 해도.

"틀렸어……. 이제 무리야."

유스케는 술집 테이블 위에 풀썩 엎드렸다.

"무리라니, 뭐가."

아라타의 목소리가 유스케의 뒤통수에 닿았다.

여름방학이 시작되던 날과는 반대가 되는 상황이었다. 오늘 밤은 본가에 내려갔다가 돌아온 아라타가 귀성길에 사 온 선물을 준다고 해서 이렇게 술집에서 얼굴을 맞대고 있었다.

"그도 그럴 게 리스트에 있는 항목, 이제 유성군밖에 안 남았다고?!"

"아아⋯⋯. '사귀면 하고 싶은 일' 리스트라고 했던가?"

아라타는 맥주잔을 들고 맥주를 꿀꺽 마시더니 전혀 관심 없다는 투로 말했다.

"그러니까 뭐가 무린데?"

"봐봐, 유성군이라면 지금 시기에는 백 퍼센트 페르세우스 잖아."

"그렇지."

"⋯⋯너, 올해 페르세우스자리 유성군이 제일 볼 만한 시간이 언젠지 아냐."

"해뜨기 전, 달이 기울었을 때."

"으으⋯⋯. 정답입니다⋯⋯."

심드렁한 아라타의 대답에 유스케는 또 테이블에 툭 이마를 부딪쳤다.

"그게 뭐가 문젠데?"

아라타가 턱을 괬다.

"그 시간이면 틀림없이 하룻밤 내내 같이 있어야 된다는 뜻이잖아⋯⋯."

손을 잡는 것만으로도 그렇게 고민하고 긴장했었다.

……하룻밤 내내 같이 있다니 절대 무리였다. 도저히 같이 가자고 할 수 없었다.

그런 유스케의 기분 따위 개의치 않고 아라타는 안주 접시를 쿡쿡 찔러댔다.

"휴……. 뭐, 네 성격상 이해가 안 가는 것도 아니지만."

답답한 짓 하는구만, 아라타가 눈을 게슴츠레 뜨고 유스케를 쳐다봤다.

"불꽃놀이 축제 때 유카타 입고 데이트하지 않았냐?"

"응……. 죽도록 예뻤어……."

유카타를 입은 나나의 모습을 떠올리며 유스케는 넋을 놓고 숨을 쉬었다.

"바다로 드라이브 가는 건? 멀리 나갔으면 당연히……."

"당일치기였는데."

"집 데이트도 했었지? 손수 만든 요리도 먹었다고 했잖아."

"세상에서 제일 맛있었어. 그래도 점심이었으니까 저녁에는 집에 돌아왔지."

"그럼, 바 데이트는? 술 마시고 분위기 좀 좋아지지 않았냐."

"확실히 분위기를 타긴 했는데."

'조금 어른스럽게'…… 리스트 8번에 적힌 말대로 나나가 가고 싶다고 한 바는 외국계 호텔의 라운지였다.

평소라면 절대 학생끼리 가지 않을 법한 고층에 있는 시크한 분위기의 바였다.

바에서 만난 나나는 복장도, 반짝거리는 입술도, 여느 때보다 조금 어른스러워서 유스케는 알코올에 취하기도 전에 분위기에 취한 느낌이었다.

"뭐……?"

중딩이냐, 아라타가 어이없다는 투로 말했다.

네 멋대로 지껄여라, 그 말에는 유스케도 동감이었다.

"뭐랄까……, 보고 있으면 답답하단 말이지. 여기도 나나 선배하고 같이 갔지?"

아라타는 유스케가 건넨 쿠키 캔을 통통 손가락으로 두드렸다.

쿠키는 어제 나나와 함께 갔던 놀이동산에서 사 온 선물이었다.

"……그렇긴 한데."

부정할 요소도 없기에 순순히 인정했다.

리스트 9번은 '놀이동산에서 하루 종일 놀기!'였다.

"유스케, 잠깐만 이거 써봐."

아침부터 나란히 들어간 놀이동산에 있는 동물 귀가 달린 머리띠 판매대에서 나나가 졸라대는 바람에 유스케도 거절할 수 없었다.

쥐, 강아지, 오리, 여러 가지 동물 귀 머리띠를 바꿔 써가며 어울리네, 안 어울리네, 하고 이야기했다.

마지막에는 나나와 함께 우스꽝스러운 머리띠를 두 개 샀다.

"이거 쓰고 같이 사진 찍자."

나나가 휴대폰의 카메라 앱을 켰다.

유스케도 나나에게 맞춰 '예이'라고 말할 듯한 표정을 지어 보였지만 속으로는 가슴이 벌렁거려 사진을 찍을 정신이 아니었다.

'위험해, 위험하다고……. 아아, 진짜 가깝다니까!!'

게다가 놀이공원의 입장료가 칠천 엔이나 했기에 밥 먹을 돈이 없었다.

레스토랑에 들어갈 엄두도 내지 못하고 가판대에서 산 음식을 먹기로 하며 유스케가 사과했다.

"죄송해요, 너무 저렴한 점심이라."

"괜찮아. 유스케는 지금 내 남자친구잖아? 좋아하는 사람과 같이 먹으면 뭐든 맛있는걸."

나나가 빙긋 웃으며 말한 탓에 그만 눈물이 날 듯한 기분이 들었다.

그 기분을 얼버무린 유스케가 말했다.

"나나 선배랑 데이트할 줄 알았으면 조금 더 돈 모아뒀을 텐데."

"유스케는 지금 이대로 좋아."

나나가 눈부신 미소를 돌려줬다.

가슴속에서 용기와 투지가 솟아올랐다.

지금까지는 이런 말을 들으면 자못 자신감이 생기리라 생각했다.

하지만 현실은 조금 달랐다.

이대로 좋아, 라는 말에 분명 숙여진 고개가 들렸다.

하지만 그뿐만이 아니었다. 이대로는 안 된다는 생각도 들었다.

자신감보다는 향상심이 생겼다.

열심히 놀이동산을 즐긴 뒤에 하루의 마지막을 장식하는 불꽃놀이 쇼를 함께 봤다.

짙은 쪽빛 밤하늘이 빨강으로, 초록으로 물들었다.

"……리스트도 이제 하나 남았네."

불꽃놀이에 물든 나나의 뺨에 시선을 빼앗긴 유스케에게 나나가 불쑥 말을 꺼냈다.

"아……, 아아, 그러네요."

당황해서 나나에게서 시선을 돌린 유스케는 다시 하늘로 눈을 향했다.

'그래……. 이제, 하나밖에 안 남았어.'

펑, 펑, 쏘여 올라가는 불꽃 소리가 가슴에 쿵 와 닿았다.

이대로 가면 이렇게 그녀의 옆에 있을 수 있는 날도 리스트의 마지막 항목을 마칠 때까지였다. 그렇게 되면 나나와 함께

하는 여름도 끝나버린다.

리스트 마지막은······.

10. 둘이서 유성군 보기.

"역시 무리야······."

유스케는 술집 테이블 위에 엎드려 뭉그적뭉그적 이마를 팔에 비볐다.

어떤 결론도 내지 못한 유스케에게 아라타가 "난 모르겠다"며 투덜거렸다.

"그렇게 잘 되고 있으면 그냥 사귀면 되잖아."

"그럴 수는 없어."

"고백 안 할 거야?"

"할 수 있을 리가 없잖아."

"왜 못 해."

"······이건 가정인데."

유스케가 슬쩍 눈을 들고 아라타를 봤다.

"어제까지 다정했던 사람이 갑자기 차가워진다니 보통은 생각하기 힘들잖아? 근데 내가 관심 있다는 기색이라도 보이면 그럴 가능성이 전혀 제로는 아니야."

"뭐, 그건 그럴지도."

"그러니까 싫어, 친구에서 남녀 관계가 된다는 거."

부루퉁하게 말한 유스케가 눈을 감았다.

"······하아······."

아라타는 자신의 아래턱에 손가락을 대고 알겠다는 듯 히죽거렸다.

"너 그럼 지금까지 사귀었던 여자들은 전부 여자 쪽에서 고백했구나."

"크······."

"게다가 이번에는 나나 선배가 좋아했던 선배한테 지는 게 분하고?"

"······."

맞는 말이라 할 말이 없었다.

······그랬다.

과거는 시간이 지날수록 아름다워질 뿐이라 추억 속 선배와 싸워 이길 것 같지 않았다.

사실은 자기만 바라봐줬으면 좋겠다, 그런 말을 하고 싶었지만······.

이렇게 이룬 것 없이 어설픈 채로는 도저히 그런 말을 할 수 없었다.

"아, 진짜 어쩌지······."

하아, 커다란 한숨이 흘러나왔다.

페르세우스자리 유성군의 극대일은 벌써 이번 주말로 바짝 다가와 있었다.

"……뭐, 가능성이 있는 만큼 부럽다고 생각하지만."

고개를 들자 테이블에 팔꿈치를 댄 아라타가 웃고 있었다.

그 말을 들은 유스케의 어깨가 축 처졌다.

"……그런 말 들으니까, 나 할 말이 없어졌어."

삐쳤다는 투로 유스케가 말하자 아라타가 "그거 노리고 한 말이니까"라며 하얀 이를 드러냈다.

아라타 입장에서는 거친 처방을 한 셈이었을지도 몰랐다.

테이블 위에 있는 계란말이로 젓가락을 옮기는 아라타를 보며, 유스케는 생각했다.

아라타의 짝사랑의 자초지종은 유스케도 잘 알고 있었다.

아라타는 실연을 당했지만 짝사랑 상대였던 세미나 동기생은 어떤 의미로 아라타 덕분에 오랜 짝사랑이 진전돼 행복하게 지내고 있다고 한다.

자신의 사랑을 포기하고 상대의 행복을 생각해준 아라타가 정말 멋있었다.

누군가를 위해 강해지는 사람은 멋있고 아름다웠다.

……그에 비해 나는 뭘까.

유스케는 자신의 손으로 시선을 내렸다.

나나의 연약한 손을 떠올렸다.

유스케는 자신이 상처받는 게 두려워서 나나에게 말을 꺼내지 못하는 것뿐이었다. 마음이 편한 지금 상황에 기대 혹시 거절당할지도 모른다, 혹시 싫어하게 될지도 모른다는 생각에 관계를 바꿀 용기를 내지 못했다.

하지만……. 유스케는 입술을 깨물었다.

상대에게 지는 건 그렇다 치더라도 스스로에게 지는 건 정말로 꼴불견이다.

스스로의 약함에 지는 건 정말 꼴사나웠다.

주먹을 꽉 쥐자 손바닥으로 손톱이 파고들었다.

누군가를 지켜줘야 할 손의 사용법이 잘못됐다는 생각이 들었다.

"나도 말로만 이래라저래라 해서 좀 그렇지만."

아라타의 목소리에 유스케는 정신을 차렸다.

"나는 너랑 나나 선배 응원해."

씩 웃는 아라타 때문에 왠지 모르게 울 것 같은 기분이 들었다.

"……고마워, 아라타."

"신경 쓰지 마. 이거 사주는 걸로 봐줄게."

"뭐어?!"

아라타가 "농담"이라며 코끝을 찡긋하더니 점원에게 차가운 토마토를 추가 주문했다.

기꺼이 드려야죠, 어느 날인가의 자신처럼 대담한 점원의 목소리를 들으며 생각했다.

나도 바뀔 수 있을까.

하면 된다고 생각하고 싶었다.

토마토도 소금을 뿌리면 토마토 샐러드가 된다.

분명 자신도 지금까지와는 다른 뭔가가 될 수 있었다.

아라타에게 등을 떠밀려 결심을 하기는 했지만…….

원래 우유부단한 성격이었다. '유성군. 같이 봐요'라고도 말하지 못했다. 하물며 '진짜 사귀어주세요'라니 쉽사리 말할 수 있을 턱이 없었다.

고민하는 사이에 페르세우스자리 유성군의 대극일은 벌써 나흘 뒤 일요일로 다가왔다.

우물쭈물할 시간은 없었다.

하지만 아무리 해도 결단을 내릴 수 없었다.

고민에 빠져 있던 유스케에게 아라타의 전화가 걸려왔다.

동아리의 연줄로 나나가 좋아했다던 선배의 정보를 손에 넣었다는 모양이었다.

"그 선배, 사귄 지 1년 된 여자친구가 있대."

사실인지 아닌지 모르겠어, 라고 아라타가 말했지만 하급생인 자신들에게도 정보가 전해질 정도였다. 진위가 어찌 됐든 나나의 귀에 들어가지 않았을 리 없었다.

플라네타륨에서 돌아오던 날 밤, 유성 같은 궤적을 그리며 떨어진 눈물을 떠올렸다.

나나가 지금 울고 있지는 않을까.

그렇게 생각하자 가만히 있을 수 없었다.

아라타에게 짧게 고맙다 말한 뒤 생각할 겨를도 없이 먼저 다리를 움직였다.

집을 나와 데이트 때 딱 한 번 가봤던 나나의 집을 향해 달렸다.

전철 환승을 기다리는 시간도 아까웠다. 나나의 집 근처 역을 빠져나왔을 때 누군가가 말했다.

"앗, 별똥별이다."

주변에 있던 사람들이 일제히 다리를 멈추고 위를 쳐다봤다.

유성군의 극대일이 다가오고 있기 때문일까 남빛 하늘을 가로지르는 별은 육안으로 보기에도 크고 강하게 빛나고 있었다.

"예쁘다……."

누가 말했는지는 알 수 없었다.

그 자리에서 하늘을 올려다본 사람은 누구나 그렇게 생각할 터였다.

어른도 아이도 무구한 표정으로 하늘을 올려다보며 천체 쇼에 시선을 빼앗겼다.

맞아······. 유스케가 문득 깨달았다.

별똥별이 빛나는 이유는 그만큼 큰 무언가가 스스로를 불태우려 하기 때문이었다. 크고 뜨겁기에 비로소 강하고 오래도록 꼬리를 남기며 빛난다.

당연한 일이었다.

그래서 모두 밤하늘의 별똥별을 보고 '예쁘다'며 감동하는 것이다.

눈이 번쩍 뜨인 기분으로 밤하늘을 보며 유스케는 생각했다.

자신은 지금까지 발끝만 보며 걸어왔다.

그러면 분명 넘어지지는 않겠지만 유성을 보지 못하게 된다.

그리고······.

고개를 들지 않으면 별똥별을 보고 소원을 빌 수조차 없지 않은가.

과거의 강한 빛을 이기지 못하고 상처받으면 뭐 어때, 라는 생각이 들었다.

위에는 반드시 더 위가 있는 법이니까 지는 건 그렇게까지 부끄러운 일이 아니다.

그렇지만 스스로에게 지는 건 절대 구원할 길이 없었다.

실연이 기다린다고 해도 지금은 사랑하자.
그녀가 웃음을 되찾는다면 그걸로 됐다.

무념무상으로 달려 나나가 사는 아파트에 도착하기까지 시간은 얼마 걸리지 않았다.

넘치는 의욕에 아파트 현관의 인터폰을 두 번이나 누르고 초조하게 대답을 기다렸다.

"유스케……?"

인터폰 너머로 들리는 나나의 목소리는 역시 울고 있었는지 조금은 갈라진 듯 들렸다. 연약했던 그녀의 손의 감촉이 되살아났다.

유스케는 꿀꺽 침을 삼키고 각오를 다진 후 입을 열었다.

"갑자기 죄송해요. 그…… 나나 선배가 좋아했던 선배의 소문, 들어서."

요령 없는 말투였지만 그래도 이게 지금 자신이 할 수 있는 최선이었다.

말없이 유스케의 말을 듣고 있던 나나가 "들어와" 하고 아파트 현관을 열었다.

거기서부터 그녀의 집까지 달려 다시 한 번 문 앞에 있는 벨을 눌렀다.

얼마 지나지 않아 문을 열고 나타난 나나는 예상과 달리 울고 있지는 않았다.

"미안해, 걱정하게 해서."

언제나처럼 밝은 나나는 유스케를 향해 웃어 보였다.

"어디서 들었어? 선배한테 여자친구 있다는 거."

"……아라타가, 아는 선배한테 들었다더라고요."

"아아, 그렇구나. 선배 정보원이라니, 만만치 않네."

나나는 씩씩하게 활짝 웃어 보였다.

그래도 부은 눈인 채로는 울었다는 사실을 감출 수 없었다.

"모처럼 왔으니까, 차라도 마시고 갈래? 기다려, 준비해올게."

몸을 돌린 나나의 등에 유스케의 목소리가 닿았다.

"나나 선배!"

현관 앞에서 움직임을 멈춘 나나는 이쪽을 돌아보려 하지 않았다.

"……저, 나나 선배가 울고 있을 거라고 생각했어요."

나나는 입을 열지 않았다.

"만약 그렇다면 울고 있는 사람한테 뭐라고 말하면 좋을지 몰라서……. 그냥 같이 울자고, 그래서 왔어요."

"……나, 안 울었어."

말하자마자 입을 다물어버린 나나의 팔을 유스케가 살며시 잡았다.

"전, 선배가 사실은 슬픈데 밝은 척 행동하면서 다른 사람을 배려하는 사람이 아니라 진짜 스스로 행복한 사람이 됐으면 좋겠어요."

천천히 나나가 어깨너머로 유스케 쪽을 올려다봤다.

그 눈가에는 투명한 감정이 넘칠 듯 흔들리고 있었다.

유스케는 그대로 나나의 몸을 돌려 끌어안았다.

팔 안으로 나나의 몸이 딱 맞게 들어왔다.

"이렇게 하면 저한테도 안 보이니까. ……나나 선배 참지 않아도 돼요."

유스케가 그렇게 말하자 나나는 심호흡처럼 한 번 크고 무거운 숨을 뱉었다. 흑 하고 흐느끼듯 작은 어깨를 떨기 시작했다.

나나는 그렇게 잠시 유스케의 품에서 울었다.

그사이 유스케는 가슴에 이마를 부딪쳐오는 나나의 등을 줄곧 두드려 달랬다.

나나의 어깨는 유스케의 손바닥 크기만큼 작고 여렸다.

남 앞에서 눈물을 보이는 게 볼썽사납다고 말했던 나나였다.

그런 나나가 눈앞에서 눈물을 뚝뚝 흘리자 유스케는 나나가 혹시 자신을 사람으로 보지 않는 걸까 생각했다.

만약…… 그런 게 아니라면.

당신에게 난 이미 남이 아니라고 생각해도 될까요.

유스케는 용기를 내 나나의 몸을 품에서 살짝 떨어트렸다.

"나나 선배."

"……?"

문이 열린 현관에서 아파트 복도 너머로 하늘이 보일 터였다. 눈물에 젖은 눈동자에 유스케와 유스케의 등 뒤로 펼쳐진 밤하늘이 비쳤다.

어떤 결과가 되더라도 상관없었다……. 순수하게 강렬한 마음을 그녀에게 보이고 싶었다.

"저랑 보러 가요, 유성군. 그걸로 사귀면 하고 싶은 일 리스트는 전부 끝나게 되겠지만."

"……유스케……."

"나나 선배가 좋아했던 선배랑 비교하면 한참 부족할지도 몰라요. 하지만 전 앞으로도 나나 선배랑 같이 별을 보러 가고 싶어요."

그녀의 눈꼬리에서 유성의 마지막 물방울이 똑 떨어져 반짝였다.

"제가 나나 선배를 소중히 여겨도 된다고 허락해주세요."

유스케가 손으로 눈물을 닦자 나나는 몇 번 눈물에 젖은 속

눈썹을 떨었다.

유스케를 올려다본 나나가 표정을 풀었다.

"……울었더니 속이 시원해졌어."

"……정말요?"

"응. 한참 전부터 선배에 대한 마음은 그저 끊어내지 못하고 질질 끌고 있을 뿐이란 걸 알았어. 내가 부족해서 좋아해주지 않는 거라고……. 하지만, 유스케가 같이 그 리스트를 실행해 준 덕분에 떨칠 수 있었어."

유스케 덕분에, 라고 나나가 말했다.

"저요?"

"그래, 내가 짝사랑을 떨쳐내고 다음 사랑을 향할 수 있도록 하기 위해서라던 자기 성취적 예언. 유스케가 연인이 되어줬 으니까……. 네가 좋아져서 나 자신도 좋아하게 됐어. 다음 사랑을 하고 싶다고 생각하게 됐어."

"나나 선배……."

나나가 쿠쿡 작게 웃고는 손을 유스케의 이마로 가져갔다.

"얼굴, 빨개. ……두근거려?"

나나에게서 전해지는 온기에 자신이 생각보다 대담한 짓을 했다는 사실에 화들짝 놀랐다.

"이건…… 그게, 뛰어왔으니까."

계속 두근대는 가슴을 얼버무리며 말했다.

"그렇구나."

간지러운지 목을 움츠린 나나가 눈부신 미소를 유스케에게
향했다.

"유스케가 달려와 줘서 기뻤어. ……고마워."

뭐지……? 나나의 웃는 얼굴을 보며 유스케는 생각했다.

이번 여름 하고 싶었던 것은 뭐니 뭐니 해도, 사랑, 사랑, 그
리고 사랑이었다.

그랬는데…….

둘이서 유성군을 볼 사이가 됐다면
이제 그 바람의 반은 이뤄진 게 아닐까?

나를 귀엽게 여기는 사람에게는 조금 신용이 안 가지만.

언젠가 둘이서 보겠다며 밤하늘에 비춰보는 별자리 앱을 받
는 너는, 설령 본인이 어떻게 생각한다 해도 나한테는 무조건
귀여운 사람이야.

그런 순수한 사람이니까 옆에 있는 것만으로 치유되는 기분
이어서…… 나도 모르는 사이에 끌리고 있었어.

가을이 완연히 깊어졌을 때 올해의 세 번째 유성군을 바라

보며 난 "아, 지금 떨어졌어! 나나 봤어?"라는 그의 목소리를
바로 옆에서 듣고 있었다.

"응, 봤어."
"소원 빌었어?"
"빌었어."
"무슨 소원?"
"……비밀."

고개가 바닥을 향하고 있으면 눈물이 지면으로 떨어질 뿐이다.
하지만 위를 향한 순간 이렇게 네가 날 발견해줬다.

앞으로도 계속 괴로운 날도 울고 싶은 날도 분명 있으리라.
하지만 울 만큼 울고 나면 다시 너와 하늘을 올려다볼 수 있
어.

"아, 또 떨어졌어."
같은 담요를 덮은 네가 신이 나서 말했다.
"앗, 어디?"
"봐, 저쪽."
네가 가리키는 빛으로 나도 밝은 얼굴을 향했다.

별똥별이 떨어지면 빌 소원 세 가지.

너와 하고 싶은 것 세 가지, 앞으로도 계속, 사랑하고, 사랑하고, 사랑하는 것.

"나나가 빈 소원 이뤄지면 좋겠네."

옆을 올려다보자 그의 웃는 얼굴과 하늘을 가득 채운 별이 보였다.

별에게 맡긴 소원은…… 높은 확률로 이뤄진다고 들었다.

제5화

섬싱 블루

인생이라는 계단에는 어딘가 한 단씩 다른 단보다 훨씬 높은 계단이 있다.

나는 그것을 벽이라고 생각했다. 올라간다기보다 부순다는 이미지였다.

그곳에 당신이, 벽 위에서 나타났다. 벽이 아니야, 계단이야, 라며 나를 확 끌어당겨 주었다.

넘어지지 않도록 걷는 법을 아는 것도 좋지만 넘어져도 일어나는 법은 더 알아야 했다.

조심해서 걷는다고 해도 어차피 넘어진다.

아픈 건 이번이 처음도 아니고 또 걸으면 그만이었다.

넘어지고, 울고, 이제 못 하겠다며 드러누워 버리고

하늘이 파랗구나 깨닫는, 그런 것도 좋다.

눈을 뜨고 위를 올려다보면

당신이 '뭐 하는 거야' 하고 손을 내밀어줄 것 같은 기분도 들었다.

나는 '아니 아무것도 아니야'라며 당신의 손을 잡고 일어나겠지.

'센 척하기는'이라며 당신이 날 일으켜 세운다.

일어나면 흙을 털자. 둘이 함께라면 걸어갈 수 있어.

올려다본 하늘은 어디까지나, 어디까지나 푸르니까.

“아키라.”

“……앗……!”

갑자기 이름이 불린 탓에 멍하니 있던 아키라가 정신을 차렸다.

목소리가 들린 쪽을 올려다보니 아키라가 앉아 있는 소파 옆에 남자가 서 있었다. 이쪽의 얼굴을 살피는 남자는 예식장 취재에 동행한 카메라맨인 카타기리였다.

“카타기리 씨…….”

벌렁대는 심장을 진정시키고 있자니 카타기리가 아키라의 옆에 앉았다.

“수수께끼입니다. 사람은 잠을 안 자면 동물이 돼요. 자, 이 동물은 뭘까요?”

“네?”

갑작스러운 물음에 괴이한 표정을 짓고 말았다.

하지만 카타기리는 자기 딴에 무척 진지한 표정으로 아키라를 마주 봤다.

“이 동물은 뭘까요?”

“휴우……, 기린이요?”

별수 없어 적당히 대답했다.

“땡, 정답은 판다입니다.”

카타기리가 즐겁다는 투로 말하며 아키라의 머리를 슥슥 쓰다듬었다.

"잠깐……. 카타기리 씨!"

"눈 아래 다크서클 생겼어. 제대로 자긴 해?"

톡 하고 살짝 치듯이 아키라의 머리에서 손을 뗀 카타기리는 남자다운 얼굴을 완전히 무너뜨리며 붙임성 좋은 미소를 지어 보였다.

"무리하지 마."

"……괜찮아요."

아키라는 소파에 앉은 자세를 고치며 카타기리에게 들리도록 헛기침을 했다.

"그보다 이름 말고 성으로 불러주실래요. 나루세예요."

"왜? 귀엽잖아, 아키라."

"안 귀여워요. 성희롱입니다."

"허? 도대체 어디가?"

카타기리는 "아저씨는 이해 못 하겠다, 젊은 아가씨가 말하는 성희롱이란 걸" 하고 중얼거리면서 손에 든 카메라를 만지작거렸다.

"카타기리 씨, 아저씨라고 불릴 만한 나이 아니잖아요?"

아키라보다 여섯 살 많다고 전임 편집자에게 들었으니까 카타기리는 올해로 서른셋일 터였다.

예식장에서 눈에 띄지 않도록 검은 양복을 입은 몸은 탄탄

했고 센스 있게 정리된 머리카락도 윤기가 돌아 젊은 사람으로는 자아낼 수 없는 차분함이 있었다. 가까이 다가오면 향수라도 뿌리고 있는지 어딘가 좋은 향기까지 났다.

아키라는 왠지 모르게 카타기리에게서 시선을 피하고 사이의 거리를 벌리려고 은근슬쩍 엉덩이를 옆으로 움직였다.

"일하러 왔으니까. 진지하게 해주세요."

"네네. 착실하구나. 착실해, 아키라는."

"봐요, 또!"

아키라가 눈을 흘겼지만 재미있다는 듯 어깨를 떨어대는 그에게 전혀 효과가 없는 모양이었다.

'얕보는 건 아닌 것 같은데.'

전임자에게 카타기리를 소개받은 것은 아키라가 결혼정보지의 편집부에 발령받아 작년 시월……. 지금으로부터 8개월 전이었다.

"안녕하세요, 카메라맨인 카타기리입니다."

그의 첫인상은 '프리랜서 같네'였다.

회사원으로 보이지 않는 긴 머리에 러프한 면 셔츠에 청바지.

제멋대로 자란 수염에 가벼운 말투에 사진 업계 사람이구나 싶은 인상을 느꼈다.

"처음 뵙겠습니다. 편집부 나루세 아키라입니다."

만든 지 얼마 되지 않은 명함을 내밀자 카타기리가 명함을 찬찬히 살펴봤다.

졸업하자마자 회사에 들어온 지 아직 1년이던 때의 이야기다.

뭔가 웃긴 부분이라도 있나, 하고 전전긍긍하는 아키라에게 카타기리가 씩 소리가 날듯 능글능글한 웃음을 지었다.

"아키라라. 이름, 귀엽네."

그 이후, 카타기리는 계속 아키라를 성이 아닌 이름으로 불렀다.

처음에는 놀리는 건가 싶었다.

하지만 알게 된 지 8개월, 예식장 몇 곳을 함께 취재하는 사이에 카타기리라는 사람은 언제나 이런 상태라는 걸 알게 됐다.

'그래도…… 어차피, 귀엽다는 건 이름뿐이고, 그 이름도 상식적으로 생각하면 안 귀엽다고!'

잔뜩 심통이 난 채 손에 든 신랑신부의 프로필을 넘겼다. 카타기리와 함께 일할 때면 꼭 촬영 전에 먼저 보여달라던 자료였다.

"오, 그러고 보니 오늘 신부는 학생 때 합창부에 있었대."

옆에서 카타기리가 아키라의 손으로 시선을 보냈다.

"네. 피로연에서도 신부 친구들이 합창 무대를 한다고 하더라고요."

"좋다. 예쁘게 차려입은 아가씨들이 쭉 서 있으면 얼마나 화사할까."

"……지금 것도 성희롱이에요."

"엇? 아키라 너무 엄격하지 않아?"

"그러니까, 이름으로 부르지 말라니까요."

아키라가 카타기리를 외면하자 카타기리가 "뭐야, 귀엽다는 건데"라며 입술을 삐죽였다.

'……또 그런 소리나 하고.'

사실은 귀엽지 않다는 걸 자신이 제일 잘 알고 있었다.

……그러니까 남자친구도 나한테 정이 떨어졌겠지.

의기소침해져 카타기리에게서 등을 돌리자 짙푸른 정원에 면한 커다란 창문에 자신의 얼굴이 일그러져 비쳤다.

편집부에서 하는 기고 업무는 자신이 원해서 맡은 일이었다. 말할 필요도 없이 일은 즐거웠다.

다만 월간지에서 하는 기고 업무는 상상 이상으로 고됐다.

"매일 바쁘다면…… 그럼 언제 만나자는 거야."

편집부에 처음 배속받았을 당시 사귀었던 사람이 한 말이었다.

그 말을 들은 순간 '아아, 이 사람과는 이제 못 사귀겠다'라고 생각해버렸다.

이 사람을 만날 시간이 있으면, 차라리 일을 하고 싶어…….

그런 생각을 하고 있는 자신을 발견했으니까.

'차여도 당연하지. 이렇게 귀염성 없는 여자…….'

아키라는 그 뒤로 곧장 그와 헤어졌고 일에 몰두하기로 했다.

하지만 결혼 정보지에서 하는 아키라의 일은 행복한 커플의 결혼식을 취재하는 일이었다.

아키라 자신은 연애보다 일을 선택한 여자였다.

그런 자신이 결혼식을 취재한 기사를 쓰다니 얼마나 얄궂은 이야기인가.

정원에서는 새하얀 웨딩드레스를 입은 신부가 행복하게 웃고 있었다.

창문에 비친 찌푸려진 자신의 미간이 보였다.

등 뒤에서 찰칵 소리가 들려서 정신을 차렸다. 셔터음이었다.

"아, 진짜, 카타기리 씨!"

뒤를 돌아보자마자 아키라가 카타기리에게 항의의 의미를 담아 가볍게 주먹을 들어 올렸다.

"멋대로 찍지 마세요. 깜짝 놀라잖아요."

"미안, 미안. 근데 아키라 머리 잘랐지?"

"네?"

"저번 스타일도 좋았지만 지금도 귀엽네. 바뀐 머리 찍고 싶어서."

이렇게 말하는 카타기리는 여전히 뷰파인더를 보고 있었다.

"진……짜, 그만하세요."

피가 확 몰린 **뺨**을 보이고 싶지 않아서 아키라는 고개를 숙였다.

'머리를 자르자마자 알아보고 칭찬까지 해주다니.'

그런 남자를 아키라는 지금까지 본 적이 없었다.

기습 같은 말에 얼굴이 새빨개졌을 터였다.

"어이, 고개 숙이지 말라니까. 자, 이쪽 봐."

그런데도 카타기리는 스튜디오에서 모델을 다루는 요령으로 찰칵찰칵 셔터를 눌렀다.

아키라는 그제야 겨우 놀림당하고 있다는 걸 깨달았다.

"적당히 좀 하세요! 화낼 거예요."

"화내지 마. 웃는 편이 귀여우니까."

"귀엽다니⋯⋯!"

놀리는 말에 반론하기 위해 아키라는 흥분한 자신에게 브레이크를 걸었다.

놀리는 거라면 이런 식으로 말해봤자 역효과였다.

"⋯⋯제가 귀엽지 않다는 건, 제가 제일 잘 알아요."

정원으로 다시 눈을 돌리자 비슷한 연령으로 보이는 신랑과 나란히 선 신부가 카메라 앞에 서는 중이었다. 신부는 신랑의 팔에 안겨 녹듯이 웃고 있었다.

'⋯⋯좋겠다, 저렇게 귀엽게 행동할 수 있어서.'

푸른 정원 가운데서 신부가 걸친 하얀 베일이 초여름 바람에 흔들렸다.

글을 쓰는 일 중에서도 결혼 정보지 편집부를 고른 이유는 행복한 정보를 전하면 행복한 일이 된다고 여겼기 때문이다.

그런데도 '언젠가 나도'라며 동경하던 풍경은 이제 취재할 대상으로밖에 보이지 않았다.

아키라는 찌릿하고 날카롭게 아픈 위 근처를 눌렀다.

언제부터일까…….

자신의 안에서 연애가, 일이, 꿈과 행복의 상징이 아니라 의무의 대상이 된 것은.

"무슨 소릴 하는 거야."

"……네?"

"아키라는 귀엽잖아."

뒤를 돌아보니 카타기리가 렌즈를 갈아 끼우며 여상한 투로 말했다.

"엄청 열심히 일하잖아. 난 기특하고 귀엽다고 생각해, 그런 거."

됐다, 카타기리는 렌즈를 교체한 카메라를 얼굴 앞으로 가져와 들었다.

"취재할 때도 항상 내가 불안해하지 않도록 전날 먼저 연락해주잖아. 확인 문자 마지막에 '잘 부탁드립니다' 다음에 '같이 열심히 해요'라고 쓰는 거 나 꽤 좋아해. 같이 열심히 해주는구나 싶어서."

'카타기리 씨……, 내 머리만이 아니라 내가 일하는 것도 보고 있었어……?'

이렇게 세세한 부분까지 알아채고 평가해주는 점이 뜻밖이었다.

무사태평한 사람이라고 생각했지만 의외로 그렇지 않을지도 몰랐다.

카타기리는 어안이 벙벙한 아키라를 한 장 찍고 미소로 얼굴을 무너뜨리며 말했다.

"응? 그러니까 이쪽 보라니까."

"앗……, 진짜, 또!"

"아키라 부루퉁해 있으면 귀엽지 않아. 웃어, 웃어."

"아키라가 아니라 나루세예요!"

아키라는 확 온도가 올라가는 뺨을 들키지 않으려고 손안의 자료로 눈을 떨어트렸다.

일주일 뒤, 아키라가 점심을 먹고 오피스로 돌아왔을 때 편집장이 '원고 읽었어'라며 자리로 왔다. 손에는 아키라가 쓴 원고를 들고 있었다.

"나루세 씨, 지금 시간 괜찮아?"

"……네."

편집장은 비어 있던 아키라의 옆자리에 앉았다.

그에 맞춰 아키라도 자리의 의자를 빼고 앉았다.

"기사 말인데, 이 커플 프로필하고 그때 찍은 사진 보여줄 수 있어?"

"프로필하고 사진이요? 잠시만 기다려주세요."

아키라는 컴퓨터 화면에 자료와 사진을 띄웠다.

'역시…… 부족했나.'

아키라는 편집장이 손에 들고 있는 자신의 원고를 흘깃 봤다. 이번에 쓴 세 커플에 대한 기사는 세 기사 모두 잘 썼다는 느낌이 들지 않았다.

이번뿐이라면 다행이지만 근 3개월 동안 어떤 결혼식 기사도 만족스럽게 쓰지 못했다.

……어째서 잘 쓰이지 않는 걸까.

몇 번이고 자문해봤지만 자신에게 답이 있었다면 막다른 길에 다다르지도 않았다.

편집장의 말을 기다리고 있자니 그녀가 의자를 빙글 돌리고 아키라 쪽을 향했다.

"나루세 씨, 내가 무슨 말 할지 알겠어?"

"네……."

아키라는 어깨를 툭 떨궜다.

편집장이 화를 내고 있지 않다는 사실이 더 괴로웠다.

"그렇게 풀죽을 필요 없어, 아직 부서에 온 지 1년도 안 됐고. 처음부터 잘하면 상사가 할 일도 없어지잖아."

"그래도……!"

"그래, 제대로 하고 싶다는 기분도 알아. 그렇다면 더욱더 냉정해야지."

편집장이 책상 위로 원고를 펼쳤다.

"이번에는 결혼식장 세 곳을 조사했지. 우리는 광고 매체니까 광고효과가 있도록, 커플들한테 취재를 부탁하는 단계에서 되도록 분위기가 다른 식장을 고르고 있어."

"네……. 알고 있어요."

"좋아. 그걸 기본으로 나루세 씨가 원고를 읽어보자고. ……그러면, 분위기 차이가 별로 느껴지지 않아."

"……죄송합니다."

"사과하지 않아도 되니까, 이걸 봐봐."

편집장이 컴퓨터 모니터에 비치는 사진을 하나씩 슬라이드했다.

"첫 예식장은 비교적 젊은 커플이니까 하객에도 친구들이 많아. 다음 커플은 연령이 좀 높기 때문인지 친척들을 중심으로 차분한 분위기. 요리 사진도 잘 봐봐."

편집장이 움직이는 마우스를 따라 사진을 보니 아무리 초보인 아키라도 알아챌 수밖에 없었다.

"아……, 첫 번째 커플은 젊은 사람이 좋아하는 양식이고 다음 커플은 연장자도 먹기 쉽게 양식과 일식을 섞어 절충했네요……."

"맞아. 덧붙이자면 세 번째 커플은 신부가 파티시에니까 디저트는 뷔페로 했어."

말을 듣고 보니 세 결혼식 모두 각 커플들마다 자신들의 특징을 담아 예식장을 꾸미려고 고민한 흔적이 보였다.

"그렇지? 이제 알았지?"

편집장은 아키라 쪽으로 얼굴을 돌렸다.

"네, ……원고 다시 쓸게요."

"응, 나루세 씨다운 기사 부탁할게."

'나다운 기사……?'

빨갛게 교정된 원고를 받으며 아키라는 내심 의아했다.

결혼식 기사를 쓸 때 취재 대상인 커플다운 기사일 필요가 있다는 것을 막 깨달은 참이었다. 거기에 더해 원고에 자신다움을 담을 여지가 있을까.

아키라가 생각하는 사이에 편집장이 앉아 있던 자리의 원래 주인인 선배가 외근에서 돌아왔다.

"다녀왔습니다."

"어서 와."

편집장이 의자를 비워주자 짐을 내린 선배는 아키라가 켜놓은 모니터 화면을 보고 환호했다.

"앗, 카타기리 씨가 찍은 사진이지? 좋다, 엄청 카타기리 씨다워."

"카타기리 씨다워요?"

아키라가 자기도 모르게 복창하듯이 말했다.

"어라? 꽤 알기 쉬운데? 가령……."

선배는 아키라 쪽으로 몸을 내밀어 사진을 넘겼다.

"봐봐, 피로연 키스 장면, 가로 샷하고 세로 샷이 두 장 있잖아. 이거 어지간히 실력이 좋지 않으면 못 찍거든."

"앗……, 그래요?"

카타기리가 보내주는 사진 데이터에는 항상 키스 장면이 두 장 들어 있었다. 아키라는 지금까지 그 두 장이 특별하다고 생각해본 적이 없었다.

"그래, 어려워. 사람에 따라서 순식간에 끝나버리기도 하거든, 그렇다고 연사를 할 수 있는 노릇도 아니니까."

"……아아."

연사를 못 한다는 말은 언젠가 카타기리에게도 들었었다.

결혼식이나 피로연 회장은 천장이 높은 곳이 많았다. 광량이 충분한 플래시를 연속으로 터트리면 배터리가 버티지 못한다.

편집장이 흡족하게 말했다.

"실력과 감이 좋으니까 찍을 수 있는 거고, 편집자가 사진을 가로세로 자유롭게 쓸 수 있도록 배려한 거라고 생각해."

"그렇죠. 게다가…… 아, 이런 것도 명확하지 않아?"

선배는 어떤 사진을 화면에 띄우고 손을 멈췄다.

피로연 회장에 장식된 꽃 너머에서 신랑과 신부가 키스하는 장면을 직은 사진이었다.

"나루세, 이 커플 프로필 있어?"

"아아……, 여기요."

아키라가 프로필 시트를 화면으로 불러들였다. 그것을 본 선배는 "역시" 하며 감탄했다는 투로 말했다.

"여기 봐봐. 신부의 취미 부분."

"……?"

아키라가 취미란에 시선을 주니 그곳에는 '플라워 어레인지먼트'라고 쓰여 있었다.

프로필을 보자 이 예식장의 꽃장식은 신부가 취미로 다니는 플라워 어레인지먼트 교실에서 만들었으리라 짐작됐다.

"……설마 카타기리 씨 그래서 사전에 프로필을 보여달라고 하는 거예요?"

"아마도. 게다가 카타기리 씨가 찍은 사진, 여자가 엄청 예쁘게 찍힌다니까."

선배는 마치 가족의 결혼사진을 보는 시선으로 사진을 쳐다봤다.

편집자도 고개를 끄덕이며 팔짱을 꼈다.

"정말 그렇지. 이래서 또 카타기리 씨한테 사진을 부탁해야겠다고 생각하게 돼."

"뭐, 나루세도 그런 카타기리 씨가 '기대된다'고 한 사람이니까."

갑자기 자신에게 넘어온 관심에 아키라의 눈이 동그래졌다.

"카타기리 씨가요?"

"응, 몇 번인가 나루세랑 같이 현장에 갔을 무렵에 우연히 만났거든. 그때 들었어."

"정…… 정말이요?"

"이런 걸로 왜 거짓말하겠어. '열심히 진지하게 일한다'며 칭찬했어."

'카타기리 씨 정말 날 그렇게 생각해줬구나……'

아키라가 멍하니 있자 편집장이 어깨를 두드렸다.

"기대에 응해야겠지?"

"……네."

아키라는 표정을 다잡았다.

"기사, 기대할 테니까."

어깨너머로 팔랑팔랑 손을 흔들며 편집장이 자리를 떠났다.

선배도 다른 부서에 용건이 있다면서 바로 자리를 비웠다.

"카타기리 씨……, 굉장하구나. 신뢰받고 있어."

혼자 남은 아키라는 열어둔 폴더의 사진을 뚫어져라 쳐다봤다.

그랬더니 분명 아키라가 쓴 문장에는 아까울 정도로 개성이 담긴 모든 예식장 사진이 보였다.

열중해서 사진을 보고 있을 때 책상 위에 올려두었던 휴대폰이 울렸다.

착신 화면에 표시된 것은 아까까지 화제에 올랐던 카타기리의 이름이었다.

"……여보세요."

"아키라?"

질리지도 않고 이름으로 부르는 전화 너머 목소리는 언제나와 다름없이 경박한 어투로 말했다.

"벌써 점심 먹었어? 아직 안 먹었으면 그 근처에 갈 일 있으니까……."

"먹었어요."

"뭐야, 매정하긴. 뭐 됐어, 제대로 먹었으면."

……카타기리 씨가 '기대된다'고 했던 사람이니까.

선배가 했던 말이 머릿속에 떠올랐다.

전화라서 다행이라고 아키라가 가슴을 쓸어내렸다. 그런 말을 들은 직후라 어떤 표정으로 얼굴을 맞대야 좋을지 모르겠다.

"……그보다! 전화를 했으면 용건 있는 거 아니에요?"

"뭐야, 차갑게. 그럼 본론, 지금 시간 괜찮아?"

저번에 취재에 동행했던 촬영 데이터에 대해 그가 한 몇 가지 질문에 대답했다.

"알았어. 그럼 내일 사진 보낼게."

"감사합니다."

"아아, 그럼. 다음 취재도 열심히 하자고."

네, 하고 대답하며 아키라는 문득 저번 주에 카타기리가 했던 말을 떠올렸다.

……'같이 열심히 해요'라고 쓰는 거 나 꽤 좋아해.

……같이 열심히 해주는구나 싶어서.

"……저기!"

정신이 들었을 때는 전화기 너머의 카타기리를 부르고 있었다.

"응? 왜?"

"아……, 죄송해요. 그게……."

카타기리를 부르긴 불렀지만 지금 기분을 어떻게 말로 표현해야 할지 알 수 없었다.

"……아키라?"

자신다운 게 뭔지 스스로도 잘 알 수 없어서 일부러 다른 사람에게 물어본다니 이루 말할 수 없이 부자연스러웠다.

'그래도 카타기리 씨는…….'

자신조차 알아채지 못한 자신의 좋은 면을 찾아준 사람이었다.

"……카타기리 씨는 어떻게 좋은 사진을 찍는 거예요?"

침을 꿀꺽 삼키고 겨우 그 문장만을 입에 올렸다.

"엥? 나?"

전화 너머의 카타기리는 허를 찔렸다는 어투로 말했다.

하지만 망설인 것도 잠시였는지 다음 순간 가벼운 어조로 말을 이었다.

"결혼사진이라면 신부가 내 신부라고 생각하고 찍고 있는데."

휴대폰을 든 채 아키라는 미간을 찡그렸다.

"……농담이죠?"

"농담 아니야, 완전 진지해. 신부가 세상에서 제일 예쁘다고 생각하고 찍으니까."

"물어본 제가 바보였어요."

"아니, 아니, 왜. 애초에 열심히 할 수 있으면 이유 따위 뭐든 좋잖아?"

왜인지 변명처럼 말하면서 카타기리는 에헴, 하고 거드름을 피우듯 헛기침을 했다.

"농담처럼 말했지만 구십 퍼센트 이상 진심이야."

"구십 퍼센트나요?

"그래. 일로 찍을 때는 찍히는 여자를 좋아하게 됐다는 마음으로 봐. 친구 하객들이 많은 식장이라면 친구를 소중히 여기는 사람이구나 싶고, 취미가 고풍스러우면 할머니를 좋아하는 사람인가 보다 싶고……. 좋아하는 사람이라면 가장 예쁜 얼굴을 찍어주고 싶잖아?"

휴대폰을 귀에 댄 채로 아키라는 카타기리가 찍은 사진을 봤다.

거기에는 확실히 기본적인 구도로 찍힌 사진에 그가 말한 대로 예쁜 신부가 찍혀 있었다.

합창부가 공연한 결혼식에서는 화사한 친구들에게 둘러싸여 행복해 보이는 신부가.

친지들이 모인 가족적인 결혼식에서는 가족들에게 감사한 마음을 전하는 손편지를 읽으며 눈물짓는 신부가.

프로필과 조합해보면 분명 그들의 웃는 얼굴과 우는 얼굴은 모두 그들이 소중히 해온 대상들을 향하고 있으리라.

"……진짜네……."

"뭐, 항상 나도 모르게 농담을 하고 말지만. 신부들을 예쁘게 찍혔을 때 카메라맨이 돼서 다행이라는 생각이 들어."

카타기리는 지금까지 들어본 적 없는 차분한 목소리로 말했다.

"과거라는 게 본인조차 돌아가지 못하는데 난 그 과거를 카메라 안에 담아 예쁜 사진으로 만들어 돌려줄 수 있어. 수많은 사람의 '오늘'을 내가 영원으로 만들어줄 수 있는 거야. 어쨌든 결혼식이란 인생에서 가장 행복한 날 중 하나잖아?"

"……그렇죠."

"기뻤던 말도 즐거웠던 일도, 사람은 언젠가 결국 잊어버리니까. 사진으로 남길 수 있다면 남겨주고 싶어."

인물 사진을 찍는 건 옛날도 그렇고 지금도 즐거워, 전화 너머로 카타기리가 웃었다.

"일이라고는 해도 그런 점에서 여전히 보람을 느껴."

진심을 담아 말하는 목소리에 자신이 귀 기울이고 있었다.

이 사람은 사진 찍는 일을 정말 좋아하는구나, 깨달았다.

"카타기리 씨는…… 사실은 성실한 사람이었네요."

"……아, 그 목소리, 나한테 반했구나?"

우쭐대는 목소리를 들은 아키라가 "방금 한 말 취소요"라고 전화기에 내뱉었다.

"뭐? 아키라가 궁금하다는 거 성실히 대답해줬는데에."

"그거랑 이거는 별개예요!"

카타기리의 반론을 듣지 않고, 사진 파일 보내주세요, 라고만 말한 뒤 전화를 끊었다.

'진짜…… 조금 칭찬하면 멋대로 말한다니까.'

하지만 아키라는 카타기리가 찍은 사진을 보면서 그의 말이 완전히 틀리지만은 않았다는 사실을 알았다.

키스 장면을 제대로 찍을 수 있는 것도 그런 관찰력이 있기 때문이리라.

프로필에는 예식의 규모와 하객의 개요, 두 사람이 사귀게 된 계기와 성격을 적는 난도 있었다.

주의 깊게 읽으면 신랑이 수줍음을 잘 타는 사람인지 아니면 열정이 넘치는 사람인지, 혹은 키스를 얼마나 오래 할지도 예상할 수 있을 터였다.

'그러니까 사전에 여러 가지로 알아두고 싶어했구나.'

촬영할 때 신랑신부를 이름으로 부르고 그 '예식장다움'을 확실히 사진에 담아내는 카타기리는 피사체를 이해하는 뷰파인더가 무엇인지 아는 사람이었다.

'가벼워 보이는 사람이라 알아채지 못했어…….'

신랑신부의 장점, 결혼식의 장점을 사전 정보와 당일 결혼식장의 분위기로 찾아낸 것이다.

그렇기에 모두가 가장 행복해 보이는 그 한 장을 찍을 수 있는 것이다.

'사람을 아름답게 해줄 수 있는 직업이 인기가 있는 이유를 알 것 같은 기분이 드네.'

헤어디자이너, 메이크업아티스트, 스타일리스트…… 그리

고 카메라맨. 사람의 장점을 찾아내 더 돋보이게 해주는 공통점이 있는 직업이었다.

물론, 카타기리도.

……아키라는 귀엽잖아.

그렇게 생각하지도 않으면서 또 그런 소리를 한다.

……그래도.

'사람은 의외로 그런 보람만으로 힘을 낼 수 있는 걸지도 몰라.'

뭔가 새로운 걸 시작해보자.

그런 마음이 든 것 자체가 이미 새롭게 느껴졌다.

'지금까지의 자신을 바꾸자' 같은 대단한 의지는 아니었다.

카타기리가 자신에게 기대한다는 말은 이대로도 괜찮다는 뜻이었다. 변화하기보다 무언가를 보태가면 된다.

채우고 싶은 것은 넘치도록 많았다.

상상하는 것만으로 아키라의 마음은 밝은 곳을 향하는 사람처럼 산뜻한 청량감으로 가득 찼다.

다음 취재 현장에 가기 전에 신랑신부의 프로필을 신중히 읽고 예식장의 상황을 시뮬레이션해봤다.

핸드메이드 작업이 취미인 신부니까 분명 웰컴보드 같은 소품에도 신경을 기울였을 터였다. 신부 쪽이 조금 더 연상이고 지방 출신이니 신부 측 하객들을 위한 모종의 배려가 있을지도 모른다.

그렇게 미리 생각하고 결혼식에 참석했더니 예식장에 쏟은 신부의 배려가 보였다. 겉으로는 보이지 않아도 신랑신부가 먼 곳에서 온 친척들이 편하게 지내게끔 마음 쓴 부분을 인터뷰를 하면서 끌어낼 수 있었다.

결혼식 당일, 신랑신부는 그렇지 않아도 긴장한 상태다.

더군다나 보통 아키라와 카타기리가 직접 이야기를 들을 수 있는 것은 식이 시작되기 훨씬 전, 신랑신부가 가장 긴장하고 있을 때와 식이 끝나고 신랑신부가 지칠 대로 지친 뒤, 단 두 번뿐이었다.

여느 때라면 신랑신부와 대화 기회를 잡는 것만으로도 벅찰 터였다.

하지만 이렇게 보람찬 취재는 처음이었다.

이런 식으로 시행착오를 거치며 취재를 거듭하던 어느 날이었다.

"안녕하세요. 전화로 인사드렸던 결혼 정보지 기자입니다만 촬영과 취재에 들어가도 괜찮을까요?"

아키라와 카타기리가 신부 대기실에서 준비하고 있는 신부를 찾았다.

"아……. 네, 부탁드려요."

신부는 거의 대부분 평소라면 엄두도 안 날 이른 아침부터 일어난다.

오늘 취재하는 신부에게도 이미 긴장과 피로가 보였다.

아키라는 신부와 시선을 맞추고 자신의 가슴에 손을 얹었다.

"긴장되시죠. 사실은 저도 긴장돼요."

이런 말을 할 수 있게 된 건 오늘 결혼식을 확실히 시뮬레이션했다는 자신감에 마음의 여유가 생겼기 때문이리라.

그때 카타기리가 으샤 하고 과장스러운 태도로 카메라를 들었다.

이유는 아키라가 보기에도 명백했다……. 신부의 표정이 누그러졌다.

"잡지 기자인데도 긴장하시나 봐요."

"네, 긴장되죠. 두 분을 취재할 수 있는 기회는 오늘밖에 없으니까요."

아키라가 미소를 지어 보이자 신부도 긴장 풀린 미소를 돌려주었다.

그 틈을 놓치지 않고 카타기리가 사진을 몇 장 찍었다.

"그럼 준비하실 때랑 식이 끝난 후 여유 시간이 있을 때 찾아뵙고 촬영하겠습니다."

"네."

신부가 고개를 끄덕이자 메이크업 아티스트가 들고 있던 티 아라를 머리에 씌워주었다.

파란 꽃으로 만든 부케를 손에 든 신부가 자리에서 일어났다. 그 모습을 조금 떨어진 곳에서 흰 턱시도 차림의 신랑이 사랑스럽다는 얼굴로 바라보고 있었다.

'아……, 신랑 표정 좋다.'

아키라가 그렇게 생각했을 때 카타기리는 이미 신랑의 표정을 프레임에 담고 있었다.

뷰파인더에서 고개를 든 카타기리가 아키라 쪽을 보고 싱긋 웃었다.

'알아챘어?'라고 묻는 시선이었다.

'알아채죠. 당연히…….'

카타기리를 흉내 내 읽은 프로필에는 두 사람이 사귀게 된 계기가 적혀 있었다. 신부에게 첫눈에 반한 신랑이 줄기차게 들이댄 결과 결혼에 골인했다고 한다. 신랑은 첫눈에 반한 사람을 자기 신부로 맞이한 것이다.

……겨우 맞이한 오늘이 기쁘겠지.

신부 역시 누군가가 자신을 그렇게 필요로 해준다면 스스로에게 자신이 생길 터였다.

'그런 거 멋지다.'

커플을 보고 있는 자신의 얼굴이 순하게 웃고 있다는 사실을 깨달았다.

바로 얼마 전 행복해 보이는 커플을 보고 질투했던 자신이

거짓말 같았다.

"부케 예쁘네요. 혹시 일하시는 곳에서 직접?"

아키라가 신부에게 웃으며 물었다.

"눈치채셨어요? 맞아요."

신부는 꽃집에서 일했다. 프러포즈 때 신랑이 신부가 근무하는 꽃집에서 산 꽃다발과 약혼반지를 주었다고 한다.

"직접 만든 거라 좀 볼품없죠."

"볼품없긴요. 신부가 지니면 행복해진다는 푸른 것, 섬싱 블루죠? 예식장도 예뻐요."

대기실에 오기 전, 한 차례 촬영을 끝낸 예식장도 부케와 같은 꽃으로 장식되어 있었다.

연한 물빛을 띤 작고 청초한 별 모양 꽃.

사랑스러운 꽃으로 꾸며진 결혼식장은 신부의 성품이 그대로 드러나는 듯했다.

"알아봐 주셨구나. 감사해요. ……그럼, 이거."

신부는 꽃바구니에서 파란 별을 한 송이 뽑아 아키라에게 내밀었다.

"블루 스타라는 꽃이었죠."

"맞아요. 괜찮으면 받아주세요."

제 행복을 나누는 거예요, 신부가 눈부신 미소를 지었다.

"고맙습니다."

꽃을 받으며 아키라는 기자가 되기로 결심했던 때를 떠올렸다.

취미로 읽고 있던 잡지에 투고했던 글이 실린 것이 결심의 계기였다.

처음으로 자신이 쓴 문장이 활자가 되어 있었다.

서점에서 그것을 발견했을 때는 가슴이 떨렸다.

……내가 느낀 감정을 다른 누군가와 공유할 수 있어.

자신의 언어로 누군가에게 무언가를 전할 수 있었다.

그날의 기쁨을 잊지 못해 아키라는 펜을 들기로 했다.

'분명…… 저 사람에게는 그게 꽃이었겠지.'

아키라는 신랑 쪽으로 다가가는 신부를 눈으로 좇았다.

신부의 손 안에는 작고 파란 꽃…… 블루 스타 코르사주가 들려 있었다.

신부는 부끄러워하는 신랑의 가슴에 코르사주를 달았다.

흰 턱시도에 순수한 푸른색이 잘 어울렸다.

블루 스타의 꽃말은 '행복한 사랑.'

좋아해줘서 고마워요.

나도 지금 행복해요.

신부의 말은 파란 꽃으로 된 코르사주로 화해 신랑의 가슴에서 흔들렸다.

……신랑에게도 분명 전해질 거야.

아키라가 그렇게 확신할 때 신부와 신랑을 향한 셔터가 찰

칵대며 소리를 냈다.

마주 보던 두 사람이 수줍게 아키라 쪽을 봤다.

뒤를 돌아보니 아키라의 뒤에서 카타기리가 웃고 있었다.

'⋯⋯그래.'

간단한 듯해도 단순히 겉으로 보기만 해서는 알 수 없었다.

하지만 저렇게 서로를 생각하는 마음을 헤아려보고서야 실감할 수 있었다.

솔직한 마음을 나다운 방식으로⋯⋯.

결국 그것이 자신의 마음을 가장 숨김없이 전하는 방법이었다.

마음의 뿌리가 단단하면 흔들리든 비틀거리든 여유를 가지고 생각하게 된다.

스스로가 어딘가로 날아갈 것 같았던 이유는 자신에게 뿌리가 없었기 때문이었다.

결혼식은 아키라에게 있어서 나날의 업무였지만 커플들에게는 일생일대의 중요한 날이었다.

그런 마음가짐으로 커플들을 관심 어린 시선으로 보며 취재에 임하니 이전에는 서툴렀던 광고 기사도 어디를 기사로 다뤄야 할지 알게 되었다.

"좋아, 이것도 OK."

편집부에서 작업을 하고 있던 차에 편집장이 아키라의 원고를 책상 위에 놓았다.

"정말요? 감사합니다!"

"감 잡았네, 나루세 씨."

"네!"

"그럼, 다음 취재도 잘 부탁해."

편집장은 아키라의 어깨를 툭툭 두드리고 자신의 책상으로 돌아갔다.

그 등을 바라보며 아키라는 근질대는 마음을 억누르지 못했다.

이 기분을 누군가에게 전하고 싶었다.

'……좋아, 힘내자!'

다행히도 자신의 직업은 기자였다.

자신이 칭찬받을 만한 글을 쓰면 독자도 그 글을 읽고 즐거워진다. 자신이 일하면서 얻은 감동을 독자들에게도 전할 수 있었다.

아키라는 당장 다음 취재 준비를 하려고 스케줄러를 펼쳤다.

취재 예정을 확인하고 필요한 자료를 정리해 이번에도 동행하는 카타기리에게 메일을 보냈다.

'칭찬받고 싶다는 마음 하나로 열심히 할 수 있다니…….'

애 같아, 본인 일이면서 웃고 말았다.

그런 마음만으로 힘낼 수 있다니 어떤 의미로 순수하고 솔직했다.

웃음소리를 죽이고 있자니 책상 위의 휴대폰이 진동했다.

"아키라?"

휴대폰에서 카타기리의 목소리가 들렸다.

"메일 고마워."

"이번에도 잘 부탁드려요. 같이 열심히 해봐요."

"웬일이야? 뭐 좋은 일 있었어? 기분 좋은 거 같은데."

"아니요, 신경 끄세요."

"뭐야. 파트너잖아? 숨기는 일 없기야."

"뭐예요, 그게."

카타기리의 가벼운 태도도 지금만큼은 거슬리지 않았다.

아직 웃음기를 전부 지우지 못한 아키라가 말을 이었다.

"그래도 카타기리 씨가 한 말 틀리지 않았을지도 몰라요."

"내가 한 말?"

"네. 결혼식을 잘 찍으려면 신부를 좋아한다는 마음으로 찍는다고 했던⋯⋯."

신부의 마음으로, 신랑의 시선으로, 양가 부모님과 친구들의 입장에서 예식장을 본다. 그러면 그때까지 의식하지 못했던 부분들이 돌연 확연히 윤곽을 드러낸다.

분명히 보였다, 자신에게도.

본 것을 어떻게 쓰느냐, 아마도 거기부터가 자신다움이라고 불릴 영역이었다.

"저도 카타기리 씨처럼 취재 대상의 장점을 찾아서 쓰려고요."

"오오? 뭐야, 아키라. 어른스러운 말도 할 줄 알게 됐잖아."

"어른스럽다니요……. 이미 한참 전에 스물 넘었거든요."

"스물넷이지? 나한텐 아직 애야."

크하하, 카타기리가 전화 너머에서 유쾌하게 웃었다.

"그래도…… 힘들었지, 그렇게 생각하게 될 때까지."

잠시 뒤 차분한 목소리가 그렇게 말했다.

전화 너머로 다정하게 휜 눈이 보이는 기분이었다.

"……네."

아키라도 풀어진 표정으로 휴대폰을 고쳐 쥐었다.

"대단해. 잘했어."

그 말을 들은 아키라가 사람은 가끔 칭찬도 받고 인정도 받아야 한다고 새삼 깨달았다.

아주 작은 칭찬이어도 좋았다.

그저 아무에게나 받는 칭찬은 아니었으면 좋겠다는 조금 까다로운 바람도…….

그러면 너무 사치스러운 이야기가 되겠지만 가끔은 이렇게 신뢰하는 누군가에게 칭찬을 받고 싶었다.

"감사합니다."

전화 너머에서 보이지는 않겠지만 살짝 고개를 숙여 인사했다.

"나 대단하지? 내 장점도 찾아내 줘."

그러자 언제나처럼 가벼운 말투가 돌아왔다.

"그럼 보여주세요, 카타기리 씨의 멋진 모습."

"어쭈? 잠깐 기다려, 바로 보여주지."

왠지 기합이 들어간 카타기리는 "지금 한 말 기억해"라며 전화를 끊었다.

'뭐지……?'

아키라는 살짝 고개를 갸웃거렸지만 기분은 여전히 들뜬 채였다.

……대단해, 잘했어.

그 말이 몸속에서부터 자신을 따뜻하게 데웠다.

한동안 일을 하고 있을 때 개인 메일 주소로 카타기리에게 메일이 도착했다.

아무래도 사진을 첨부한 모양이었다.

파일을 다운로드해서 폴더를 열어보니 그곳에는.

"……나……?"

취재를 하러 갈 때 항상 입는 검은 팬츠슈트 차림의 자신이었다.

화사한 결혼식장에서 자신만 어울리지 않게 어두운색을 걸쳤다고 생각했었는데.

표정은 어둡지 않았다.

결혼식장에 있는 자신의 얼굴은 모두 아름답게 빛나고 있었다.

'결혼식이 전부 기억나.'

기사를 쓰는 요령을 터득한 것은 최근이었지만 그때까지 절대 일을 대충 하지는 않았다.

결혼식의 규모, 인원, 예산까지 확실히……. 지금 생각해보면 표면적인 일에 지나지 않았지만…… 결혼식의 개요를 파악하고 있었다.

'이건 화동이 귀여웠던 결혼식, 이건 드레스가 엄청 예뻤던 결혼식…….'

마지막 한 장은 지금도 똑똑히 기억하고 있었다.

아키라는 파스텔 핑크색 드레스를 입은 신부에게 손을 잡힌 채였다.

신부를 마주 보고 뭔가 울듯이 일그러졌지만 만면에 미소를 띤 자신의 얼굴이 찍혀 있었다.

'……내가 이런 표정이었구나.'

……난 그 과거를 카메라 안에 담아 예쁜 사진으로 만들어 돌려줄 수 있어.

……수많은 사람의 '오늘'을 내가 영원으로 만들어줄 수 있는 거야.

그 사진이 찍힌 날의 기분이 선명히 떠올랐다.

처음으로 '기사 나오는 거 기대하고 있을게요'라는 말을 들은 날이었다.

"나루세 씨가 써주시는 거죠? 기뻐요, 빨리 읽고 싶어요."

신부는 아키라의 손을 잡고 그렇게 말했다.

기자를 이제 막 업으로 삼았을 무렵이었다.

그 말을 듣고 눈물이 날 만큼 기뻤다.

꼭 좋은 기사를 써내겠다며 기운이 넘쳐흘렀다.

'난…… 역시 이 일이 좋아.'

일을 좋아하는 자신은 이렇게나 좋은 표정을 짓고 있었다.

일을 좋아하는 자신을 좋아하게 될 것 같았다.

카타기리의 멋진 점.

그건 다른 사람의 장점을 찾아내준다는 것이었다.

피사체인 사람 모두는 분명 사진 속에 있는 자신의 모습을 좋아할 것이다.

아키라는 자리에서 일어나 휴게실로 걸었다.

어중간한 시간의 휴게실에는 자판기만 늘어서 있었고 다른 사원의 모습은 없었다.

손에 들고 있던 휴대폰에서 카타기리의 연락처를 불러왔다.

발신 버튼을 누르자 신호음이 울리기 시작했다.

휴대폰을 귀에 대고…… 아키라는 문득 생각했다.

'……잠깐만?'

언젠가 들었던 그의 말이 떠올랐다.

……일로 찍을 때는 찍히는 여자를 좋아하게 됐다는 마음으로 봐.

……좋아하는 사람이라면 가장 예쁜 얼굴을 찍어주고 싶잖아?

아키라의 얼굴을 찍는 일은 업무에 포함되지 않았을 터였다.

그리고 좋아한다는 마음으로 찍어야만 비로소 예쁜 사진을 찍을 수 있다고 카타기리는 말했다.

그렇다는 말은……?

사실을 깨달았을 때 전화가 연결됐다.

"아키라?"

낮고 차분한 목소리가 갑자기 달콤하게 들린다는 사실에 놀랐다.

……좋아한다는 마음이 생기는 것만으로 이렇게나 세상을 보는 시선이 달라지는구나.

자의는 아니지만 사진을 찍을 때 어떤 마음일지 이해하게 됐다.

"찾았어요. 카타기리 씨의 멋진 점."

"오, 뭔데?"

"사람을 잘 본다는 거, 다른 사람의 장점을 잘 찾아낸다는 거요."

"그지? 말도 잘하네."

"그거랑 피사체가 스스로를 좋아하게 될 사진을 찍어준다는 것도."

응응, 전화 너머로 고개를 주억이는 기색이 느껴졌다.

"그리고⋯⋯."

"그리고?"

아키라는 입술 끝을 살짝 올렸다.

어떤 사람은 꽃으로. 저 사람은 사진으로. 나는 글로.

솔직한 마음을 숨김없이⋯⋯.

"저를 좋아한다는 것도요."

직장에서 시작되는 연애라니, 너무나도 자신다웠다.

웃는 얼굴이 예뻐도 금방 좋아지고 우는 얼굴이 귀여워도 금방 좋아하는 나니까.

난 표정이 귀여운 사람을 좋아하나 보다 생각했다.

그래서 네 토라진 얼굴도 난 꽤 마음에 들었다.

처음 부루퉁한 얼굴을 본 것은 명함을 교환했을 때였다.

입사 1년차인 그녀는 명함 교환이 익숙하지 않은지 뻣뻣이 굳은 채였다.

"아키라라. 이름 귀엽네."

내 가벼운 말을 받아넘길 여유도 없는 모양이었다.

……안 귀여워요.

그렇게 말하고 싶어하는 표정에 '이봐 얼굴에 다 드러난다'고 알려주고 싶어 새어 나오는 웃음을 참았다.

아마도 본인이 생각하는 것 이상으로 그녀는 얼굴에 다 드러나는 타입이었다.

되돌아보면 결정인 계기는 글씨가 예뻐서였다.

처음 그녀와 파트너가 되어 함께 만든 기사가 잡지에 실렸을 때.

그녀가 보내 준 견본 잡지에는 정성 들인 손편지가 함께 동봉되어 있었다.

'신부들이 너무 예쁘게 찍혀서 굉장하다고 생각했어요.

이 기사를 읽는 미래의 신부들도 똑같이 느낄 거예요.

저도 같은 풍경을 봤을 텐데 왜 카타기리 씨가 찍은 사진에서는 제가 본 것보다 훨씬 예쁠까요, 신기해요.

신부를 귀엽고 예뻐 보이게 해준다니 정말 멋있어요.'

사무실에서 편지를 읽은 난 혼자서 손바닥으로 얼굴을 덮고 말았던 것을 기억한다.

열심히 연습했을 그 예쁜 글자가 보여주는 대로 그녀는 상당한 노력파였다.

덕분에 일이 수월해져 현장에서 그녀의 표정을 볼 여유가 생겼다.

신부의 드레스를 보고 눈을 빛낸다.

화동이 넘어지지 않을까 조마조마하게 지켜본다.

부모님께 보내는 편지 낭독에 상관없는 남이면서 눈물 흘린다.

행복해 보이는 커플을 보고 남몰래 질투한다.

부지런히 바뀌는 표정에 연속으로 셔터를 눌렀다.

표정은 이렇게나 솔직한 반면 일할 때면 단단히 굳어버리는 탓에 여러모로 고전하는 모양이라 안타까웠다.

어떻게든 편하게 해주고 싶은 마음에 실없는 농지거리를 멈추지 못했다.

그런 행동이 어떤 마음에서 비롯된 것인지 문득 자각했을 때…….

아아, 망했어. 나는 두 손을 들고 항복할 것 같은 기분이었다.

이쪽은 나이 먹을 대로 먹은 아저씨라고.

누군가를 사랑하게 되다니 몇 년 만이지.

3년 후.

난 여전히 일요일의 신부 대기실에서 카메라를 들고 있었다.

창문 밖은 장마철이 무색하게 쾌청했다.

"와, 두 분 다 천문 관측이 취미시군요. 분명 만나신 계기 도……."

취재 노트를 손에 든 아키라가 이제 막 준비가 끝난 신부에게 이야기를 듣고 있었다.

"맞아요. 학생 때 같은 천문 동아리에 있었어요. 실은 웨딩플래너도 같은 대학 출신이라더라고요."

"깜짝 놀랐겠네요. 직접 아는 사이는 아니지만 공통된 친구가 있어서."

아키라보다 몇 살 연상이지만 아직 젊은 웨딩플래너는 결혼식 당일인 오늘도 참석한 모양이었다. 웨딩플래너는 신부와 얼굴을 마주하고 즐겁게 이야기하고 있었다.

"즐거운 우연이네요."

아키라가 덩달아 웃고 있을 때 똑똑 노크 소리가 들렸다.

문 너머에서 젊은 남자의 목소리가 들렸다.

"나나 선배, 준비 끝났어요오? 유스케 지금 꼭 남의 집에 맡겨놓은 강아지 같은 상태라고요오."

"아, 아라타. 준비 끝났어. 미안."

웨딩플래너가 자리에서 일어나 신부대기실의 문을 열었다.

"실례합니다아."

"좀……. 기다려 아라타, 나보다 먼저 보지 마!"

목소리와 함께 문 뒤편에서 하얀 프록코트를 입은 신랑이 넘어지듯 들어왔다.

그는 앞으로 고꾸라질 기세로 신부의 발치까지 와서 숨을 삼키고는 말을 잃었다.

"……어때? 유스케."

신부가 드레스를 살짝 들자 신랑의 얼굴이 점차 새빨갛게 물들었다.

"나나, 진짜…… 예쁘다."

신랑의 말을 들은 신부 주변의 여자들이 '성공!'이라는 듯 눈을 마주쳤다.

신부 대기실에서도 사진을 몇 컷 찍은 뒤 다 함께 결혼식장으로 이동했다.

별이 예쁘게 보이는 리조트에 세워진 교회였다.

평온한 분위기의 교회는 사진이 잘 나와서 여자들에게 인기가 많은 이유도 납득이 됐다.

"리조트 보내줄게요. 아키라 씨랑."

저번 달, 신세를 졌던 여성 잡지 촬영 현장에서 그런 말을 해왔다.

"뭐?"

스튜디오에서 패션 페이지를 촬영하고 있을 때였다. 모델이 의상을 갈아입는 타이밍에 편집자인 나카지마가 다가와 그런 말을 꺼냈다.

"뭐야 그게. 쇼핑몰 추첨 경품이야?"

"아니에요. 일이에요, 일."

나카지마가 기획안을 내밀었다.

"조금 이를지도 모르지만 슬슬 준비하지 않으면 기사 다 못 모아요. 가을 웨딩 특집에 맞춰서 카루이자와에서 하는 결혼식 취재에 좀 다녀오지 않을래요?"

아키라 씨랑 카타기리 씨, 두 분 다 결혼 정보지에서 일했었 잖아요, 나카지마가 결정사항이라는 듯 이야기를 진행했다.

"여자친구랑 가는데 숙박 포함이 아니라서 죄송하지만. 두 분 다 프리랜서면 쉽사리 여행도 못 가잖아요?"

"뻔뻔하기는. 부리기 쉬운 말이라 이거지?"

"지금까지 노고에 감사한다는 뜻을 담아서예요."

아키라 씨랑 상의해봐 주세요. 나카지마가 기획안을 넘겼다.

마침 그날 밤 만날 예정이었던 아키라에게 기획안에 대해 말했더니 흔쾌히 승낙했다.

센스 있는 나카지마가 돌아오는 신칸센은 원하는 날로 정해도 좋다고 해서 오늘은 이대로 취재가 끝난 뒤 카루이자와에서 하루 머무를 예정이었다.

이렇게라도 하지 않으면 여행을 못 가게 된 이유는 나카지마의 말 대로였다. 원래 프리랜서였던 나뿐만 아니라 아키라도 회사에서 독립해 프리라이터가 됐기 때문이었다.

더 폭넓은 일을 하게 된 아키라는 이전보다 훨씬 생기 넘치게 일하고 있다. 그건 물론 나에게도 기쁜 일이었다.

결혼식이 끝나고 신랑신부가 교회에서 나왔다.

행복을 기원하며 뿌리는 라이스 샤워를 맞으며 나오는 신랑신부와 그들의 가족과 친구들을 찍었다.

다음 순서는 신부가 친구들에게 부케를 던지기 전까지 잠시 환담을 나눌 시간이었다.

대강 찍었군. 한숨 돌리고 있자 취재 노트를 안고 있는 아키라가 다가왔다.

"결혼식 오랜만이네요."

"그러고 보니 그러네."

3년 전에는 매주 주말이면 둘이서 갔던 결혼식 현장이었다.

웨딩드레스를 보고 있으면 그때가 떠올랐다.

"벌써 3년인가."

감회가 깊은 듯 말하는 옆모습에 문득 시선을 빼앗겼다.

3년 사이에 아키라는 강해졌다.

자기 일에 자부심을 갖고 본인다운 글을 쓰게 됐다.

그렇게 일에 열중하는 그녀는 이제는 귀엽다기보다…….

나는 아키라에게 카메라 렌즈를 향했다.

"오, 모델 씨 귀여운걸. 요즘 뭐 좋은 일 있어?"

"잠깐, 그만해요."

아키라는 부끄러운 듯 손을 들어 얼굴을 가렸다.

앳되고 귀여웠던 아키라는 자신감을 얻고 아름다워졌다.

시시각각 표정이 변하는 아키라의 순간순간을 놓치고 싶지 않아 셔터를 눌렀다.

"거봐, 뭐 좋은 일 있지? 알려줘."

"아이참, 좋은 일이요? 글쎄요…….."

그때 신부 도우미까지 담당한 웨딩플래너가 뛰어왔다.

"나루세 씨."

"무슨 일이세요?"

"이따가 할 부케 던지기 말인데요, 신부가 나루세 씨만 괜찮으면 같이 하면 어떻겠냐고 해서요. 얘기를 진중하게 들어주셔서 고마웠던 모양이에요."

웨딩플래너의 말에 아키라의 얼굴이 확 밝아졌다.

"정말요?! 괜찮을까요."

"괜찮을 거예요. 결혼식을 준비하는 1년 동안 신랑신부를 만나왔는데 무척 배려심이 깊은 부부예요."

싱긋 웃은 웨딩플래너는 준비 단계 때부터 오늘의 주역인 커플의 행복을 자신의 행복처럼 이야기했다. 아키라는 그녀를 완전히 동경하는 눈으로 쳐다보고 있었다.

"이런 웨딩플래너분이 결혼식을 담당해주면 정말 행복하겠어요."

"고맙습니다."

"맞다, 카타기리 씨."

아키라가 불현듯 내 쪽을 쳐다봤다.

"나카지마 씨 이제야 겨우 결혼할 결심을 했다면서요? 이분 소개해드리면 어때요?"

"나카지마 씨요?"

"아아, 이 기사의 담당 편집자예요."

난 웨딩플래너에게 보충 설명을 하며 아키라를 내려다봤다.

"결혼한다고는 했지. 근데 그 녀석이 결혼식 준비는 할 수 있겠어? 둘 다 편집자라서 보통 바쁜 게 아닐걸."

"그렇다면 오히려 맡겨주세요."

웨딩플래너는 자신의 가슴을 팡팡 손으로 쳤다.

"저 처음에 맡았던 결혼식이 해외 부임 중인 신랑하고 도쿄에 있는 신부였어요."

"예? 해외 부임 중인데 결혼식이요?"

"네에. 사실은 남편분이 전근지인 나가노에서 도쿄로 돌아올 예정이었는데…… 그 전에 해외로 전근이 정해져버려서. 일단 결혼식이 연기됐었지만 몇 년 지나는 동안 두 분 다 기다릴 수 없어진 모양이라. 남편 분이 휴가로 귀국했을 때 결혼식을 올렸어요."

그녀는 이 또한 자신의 일인 것처럼 간지러운 듯 웃으며 말했다.

"동거만 해서는 부부라고 할 수 없기도 하고요. 의논하러 오시기 어려운 상황이어도 제가 방법을 찾아서 도울게요."

"믿음직스럽네요."

"정말 좋아하는 일이니까요."

그녀는 부드러운 표정으로 "부케 던질 준비 하러 갈게요"라며 예식장으로 뛰어 돌아갔다.

"준비가 끝나면 신호할 테니까. 나루세 씨도 꼭 참석해주세요."

"감사합니다."

신부 곁으로 뛰어가는 웨딩플래너는 신부에게 뒤지지 않을 정도로 화사한 미소를 보였다. 그녀의 약지에는 반짝이며 빛나는 약혼반지가 끼워져 있었다. 아마도 행복한 사랑을 하고 있으리라.

아키라는 초여름의 푸르름을 아름답게 반사하는 순백의 드레스를 바라보며 말했다.

"……행복해 보인다. 신부, 엄청 예쁘네."

"그래."

멀찍이서 웨딩플래너가 신부의 드레스를 정리하는 모습을 한 장 찍었다.

결혼식장에 모인 하객의 얼굴을 한 장, 신부와 신랑의 사진 한 장.

그리고…….

"너도 될래? 신부."

"……네?"

"행복해지고 싶잖아. 입을래? 저거? 어울릴 거야."

난 신부의 드레스를 가리키며 "단, 옆자리는 내 거"라고 말하며 뷰파인더를 들여다봤다.

렌즈 너머로 보이는 아키라는 넋이 나간 듯했다.

잠시 뒤 말의 의미를 이해했는지 순식간에 귀까지 빨개졌다.

"……농담이야."

뺨을 붉게 물들인 아키라를 보고 있으니 나까지 터무니없이 부끄러운 짓을 한 기분이 들어 한심하게 도망칠 궁리를 했다.

그 순간 교회 앞에서 "나루세 씨" 하고 아키라를 부르는 소리가 들렸다.

"아, 네에!"

아키라는 그쪽을 향해 크게 대답하고 카메라를 다시 돌아봤다.

"갔다 와, 모델 씨."

"응."

고개를 끄덕인 뒤 아키라는 "앗" 하고 작은 소리를 냈다.

"그러고 보니…… 카메라맨 씨가 말한 대로인가 봐요."

"뭐가."

"엄청 좋은 일 있었어요."

"오오, 언제?"

"그게 말이죠……."

"방금요!"

여름 햇살 같은 그녀의 웃음에 나도 모르게 셔터를 눌렀다.

"부케 던지기 촬영 잘 부탁해요."

흘러넘칠 듯한 미소를 남기고 아키라는 교회 입구로 뛰어갔다.

……당했다.

나이도 먹을 만큼 먹었는데도 붉어졌을 뺨을 카메라로 가리는 것마저 잊었다.

난 멍하니 그녀의 뒷모습을 바라봤다.

엄청 좋은 일, 방금, 있었다?

아무리 그래도…….

아키라, 이건 반칙이잖아.

교회 쪽으로 시선을 돌리자 신랑이 친구들에게 등을 향한 채 신부를 안고 있었다.

"자, 갑니다."

신랑의 목소리에 함성이 높게 올랐다.

사람들 사이에서 웨딩플래너인 리코 씨도 부케 던지기에 참여한 모양인지 아키라와 같이 환호를 지르고 있었다.

　"하나, 둘!"

　휙, 신부가 파란 하늘에 던진 것은 행복의 바통이었다.
　다음 행복을 잡으려고 앳되고 싱그러운 여자들의 손이 하늘에서 춤추는 꽃다발을 향해 뻗었다.

　하늘을 파랗게 찍고 싶으면 태양을 등지고 찍으면 된다. 그걸 순광이라고 한다.
　태양을 등지고 찍은 꽃다발 저편으로 활짝 갠 유월의 하늘은, 빨려들 듯 선명한 블루.

　결혼식 날, 파란 것(something blue)을 몸에 지닌 신부는 행복해진다고 한다.

　오늘의 신부도 그리고 그녀도.
　분명 세상에서 가장 행복한 신부가 되리라.